ネクラとヒリアが出会う時
NEKU&HIRI

ネクラとヒリアが出会う時

もくじ

佐倉総士
さくら　そうし

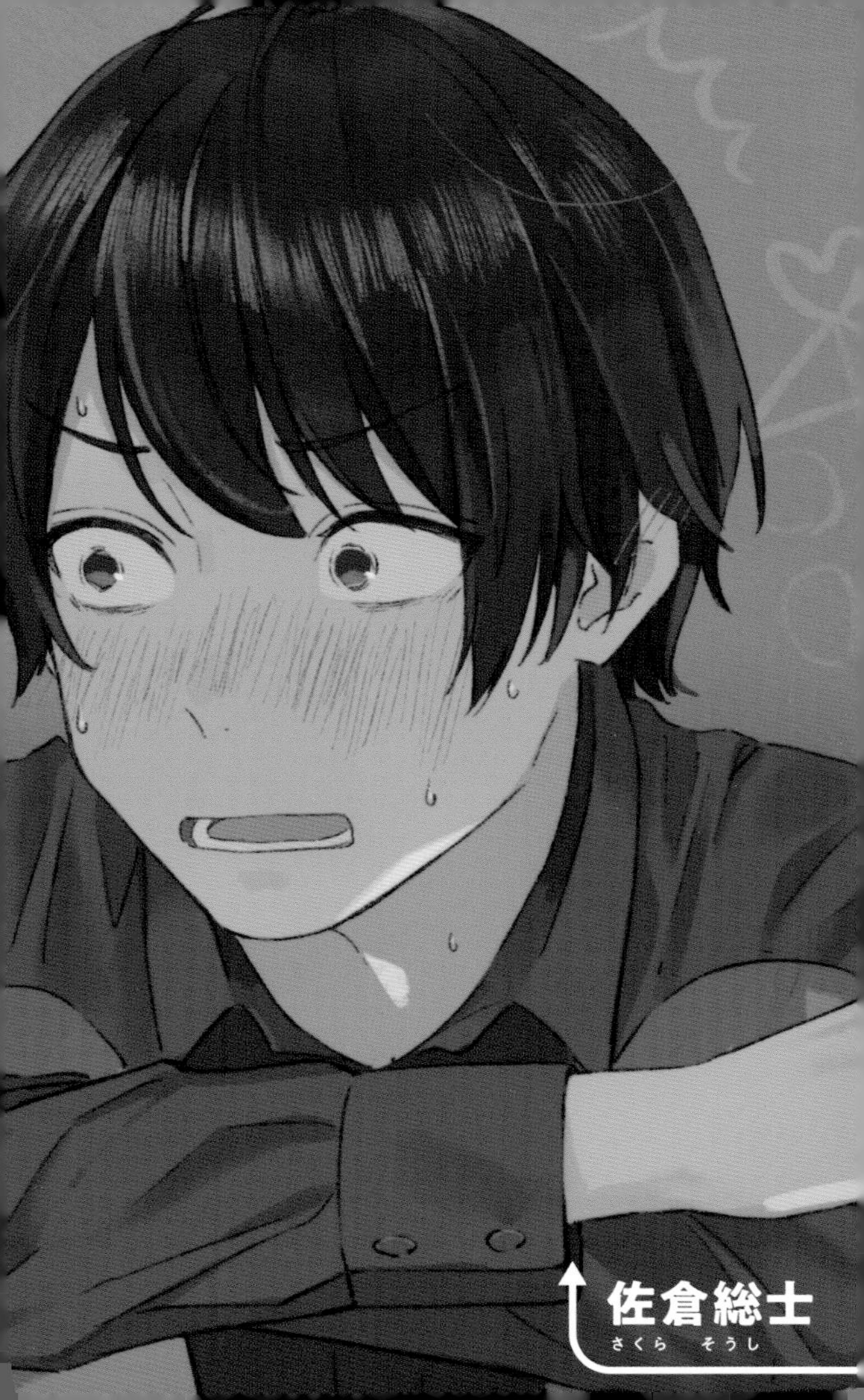

美味しい……おいっしい
ヒリアちゃん
天使の生まれ変わりと名高いが
誰からも一歩引かれているため学校に
友達がいないヒリア

ネクラくん
学校イチのイケメン秀才と評判だが、
恋愛経験がゼロで
女子とまともに喋れないネクラ

西園寺《さいおんじ》ゆりあ《ゆりあ》
……もう一回する？

ネクラとヒリアが出会う時

村田 天

ファンタジア文庫

2996

口絵・本文イラスト　サコ

H
ネクラとヒリアが出会う時
NEKURA TO
HIRIA GA DEAU TOKI
NEKU&HIRI
N

プロローグ

◆佐倉総士《さくらそうし》

女の子というものの可愛さについて少し。

女の子は、みんな可愛い。

まず、骨格が可愛い。骨の音がかつんと、小気味よく軽い感じがする。

高確率で、甘くてふわりとしたいい匂《にお》いがする。

白い肌《はだ》がつるつるで、男みたいに毛がワサワサ生えていない。身体《からだ》のフォルム全体が柔《やわ》らかで、丸っこい。手とか小さいし、爪《つめ》も小さい。声も野太くない。とにかく可愛い。

この条件にあてはまらずとも、やはり可愛い。股間《こかん》に面白《おもしろ》いものをぶら下げてないところがなんかもう可愛い。性別をそこのパーツの有無で決めてしまってよいのかためらわれる昨今、なんなら付いていても女の子なら可愛い。

可愛いが、苦手だ。

いや、可愛いからこそ苦手だ。

俺は昔からなぜか女の子に異様にモテた。

気がつくといつも周りに女の子がいた。しかし、一向に慣れなかった。

囲まれてきゃいきゃいされるとどうしていいかわからない。はっきりまっすぐ顔も見られないから誰《だれ》が誰かもわからない。性別くらいしか識別できない。

この気持ちは贅沢《ぜいたく》な悩《なや》みとしてあまり人にわかってもらえない。

俺は外見こそモテたが、内面は猛烈《もうれつ》にモテない男のそれを有していた。

たとえるならば未開の奥地でひとりで暮らす言葉もろくに知らないけむくじゃらのモンスターが妖精《ようせい》に周りを飛びまわられている感じ。

「佐倉くん佐倉くん」

「おはよう！　よく寝《ね》れた？　眠《ねむ》いよね」

「佐倉君は朝なに食べた？　あたしはパン！」

妖精は今日も俺の周りを飛びまわる。

こんな可愛い生き物達がなぜ俺の周りに集《つど》うのか……嬉《うれ》しいけれど、まともな会話ができたことはない。彼女達はきっと俺を勘違《かんちが》いしている。このはてしなくつまらない上に卑《いや》しく、いやらしい内面を知られたらと思うと言語能力をフルに活用してもだいたいは口から「うん」「そうだね」くらいしか出てこない。

気の利《き》いた返答ができず話がまるで膨《ふく》らまなくても女の子達は俺を囲み、好き勝手に話し続けている。そのうちに大抵《たいてい》は周囲の女子同士で盛り上がり始め、そのまま会話は流れていく。

比較的真面目《ひかくてきまじめ》で育ちのいいやつの多い私立高の穏《おだ》やかな学年内で、奇跡《きせき》のように表立って疎《うと》まれ憎《にく》まれることなくやっているが、女にモテることでいつ刃《やいば》を向けられるかヒヤヒヤしてもいる。

モテたって、彼女がいたこともないし、こちらから指一本触《ふ》れたことすらないのに。だって軽く偶像《ぐうぞう》化されてるのに、想像と違うなんて知られたら悪い噂《うわさ》が広まるに決まっている。そういうのゲームで見た。だから俺はいつもなるべく表情を変えず、できるだけ無口で硬派《こうは》なやつを気取ってすましている……つもりだった。できてるか怪《あや》しいけど。

はぁ、と小さく息をつくと周りの女子がほうとため息を吐《つ》いて見つめてくる。うわあーみんな唇《くちびる》がツヤツヤしてる、気がする。首が細い、気がする。うあーうわー。目玉カメラはガタガタのブレブレでピントなんて合いもしない。自分の頭の中身が漏《も》れ出てるような感覚に猛烈に恥《は》ずかしくなって席を立つ。

「佐倉君どこ行くの？」と聞かれてありもしない用事があると告げて、早足で退散。悪霊《あくりょう》退散。悪霊はもちろん俺。

俺はつまらないやつだ。

人を楽しませるような話術もなければ、女の子をドキドキさせるような仕草もわからない。

家だってしがない貧乏《びんぼう》家庭の次男でしかないし、部屋にいる時は大抵いやらしいことを考えて暇《ひま》つぶしをしている一般《いっぱん》的な男子高校生でしかないのに。

廊下《ろうか》に出ると少し遠くで唯一《ゆいいつ》の友達がニヤニヤしながら手を振《ふ》っていたのでそちらに駆《か》け寄る。

薮坂透《やぶさかとおる》。

こいつとは中学校一年生からの腐《くさ》れ縁《えん》だ。俺がどんなやつかも十二分に知っている。

「総士、お前、また囲まれてたのか？　あんなにたくさんいて、彼女つくればいいのに」

「無理に決まってるだろ」

「なんでだよ」

「女子とふたりきりでいたら会話が成り立たない！　幻滅《げんめつ》されるだろ！」

薮坂はふっと息を吐《は》いて、遠くを見るような目をしてみせた。

「恋愛《れんあい》なんて幻滅の瞬間《しゅんかん》の連続だろ。人は人に幻想を抱《いだ》きそれを壊《こわ》しあいながら成長していく……」

「お前なに言ってんだアホか！」

「あ、おい、ゆりあさんだよ」

薮坂が顎《あご》をしゃくる方向を見ると、たぐいまれなる美少女がそこにいた。

目と鼻と口と輪郭《りんかく》すべてがリアリティのない整い方をしている。長い髪《かみ》もサラサラで、重力をまるで感じさせない。

涼《すず》しげではかなげで、美人寄りだけれど、あどけなく残る幼さが可愛さを演出している。

この空間にいるのがおかしい。

あれは学年でも有名な〝氷の姫《ひめ》〟西園寺《さいおんじ》ゆりあ。

ものすごくぎょうぎょうしい名前。しかしそのギャルゲーの金持ちキャラにしかいそうにない名前に容姿が負けてないのがまたすごい。

氷の女王の娘《むすめ》とか雪女の娘とか、そんな感じの、ほんのわずかな無邪気《むじゃき》さを感じるミステリアスさは確かに〝氷の姫〟と言いたくもなる。

「芸能事務所からのスカウト二八五二回断ってるらしいぜ」

「日本に事務所何個あんだよ……」

「そこはあれよ。のべなんじゃねーの」

俺に顔を戻《もど》した薮坂がニヤつきながら声をひそめる。

「お前ちょっと行って玉砕《ぎょくさい》してこいよ」

言われてもう一度そちらを見る。背中に羽がないのが不思議なくらいだった。

「む、無理だな……」

女の子はみんな可愛い。話せない。あんな天界から来た天使みたいなのはなおさら無理。全力を振り絞《しぼ》っても挙動不審《ふしん》なマリオネットみたいな動きをしながら「おはよう」の「お」の字も言えないだろう。

「あんなの、絶対歳上の彼氏とかいるだろ」

「彼氏は四十七人いるという噂がある」

「すげえな。それだけいれば討《う》ち入りできるぞ」

「まぁ、でも噂は噂。お前も、九歳の時に出会って悲しい別れをした某国《ぼうこく》の王女が忘れられないからどんな女も好きになれないって噂がある」

「ははッ……リアリティがなさすぎる」

「彼氏四十七人を簡単に信じてたやつの言うことじゃねーな……」

「いやあ、あれはいるだろ……あれでそれなら少ないくらいだよ」

「でもな、彼氏四十七人とか、芸能人と付き合ってるとかさんざん噂はあるけど、そのせいか学校内で浮《う》いた噂はまだないんだよ！」

「あー……そうかもな。よほど自信がなければあんなのに告白なんてできないだろ」

「入学当初は、校内でもモテるイケメンが何人か当たって砕《くだ》けたって話はたまに聞いたけど、最近は静かなもんだよ。総士、お前も試してみろって！」

「嫌《いや》だよ。あれだろ、何人かザコを倒《たお》してやっと進むんだけど、戦《たたか》ってすごく強かったやつが、〝残念だったな。ワシは西園寺彼氏十六人衆の中では最弱。残りの者がおまえを討つだろう〟とかって……」

「佐倉くーん」

死んでも聞かれたくない会話の最中で、可愛い声に呼ばれて心臓がビクウと震《ふる》えた。そちらを見ると女子生徒が手招きしていた。

「知り合いか？」

「わからん。俺、女子は顔をまともに見れないから……もしかしたら顔見知りかもしれないけど」

「もしかしたら顔見知りってなんだよ。ぜんぜん見知ってねーじゃねえか」

こんな声で呼ばれて用事があったためしがない。ふんわりした世間話のお誘《さそ》いに違いない。それ自体は嬉しくないわけじゃない。でも苦痛だった。

考えてもみてほしい、役者志望でもなく素養もないのに毎日ステージに立たされる凡人《ぼんじん》の気持ちを。

俺は女の子の前ではありのままの俺でいられないのだ。疲《つか》れる。女の子とは月一で、決まった日と時間に、体調も万全《ばんぜん》に整えた上で会うならば、三分ほど会話を継続《けいぞく》させることができる気がする。会話内容を事前に練ることもできる。Aという会話を提供し、それに対して返ってくるであろう内容をいくつか想定して並べて、シミュレーションしておくことだって可能だ。

でもこんなの毎日は無理だ。ボロが出ないようにずっと気を張っているから精神が磨《す》り減る。ストレスで禿《は》げる。禿げたらまた幻滅される。もうどうしようもない。

「ごめん、用事があるんだ」

そう言ってさっと教室に戻る。

しかし、教室にも女子がたくさんいた。何人かが俺のほうを見てる。どこかへ避難《ひなん》したい。どうして同じ人間なのに性別が違うだけでこんなに別の生き物感があるのだろう。ちょうどいい。鞄《かばん》も持って出て昼食も早めだが今すます。そしてお昼にはまたどこかに隠《かく》れよう。もう無理。今週の俺の女子通信制限が超過《ちょうか》している。

とりあえず今はどこかで、心を落ち着けたい。ひとりで安らかに、口を開けてだらしない顔をしながら低俗《ていぞく》な思考に浸《ひた》れる場所。

◇西園寺ゆりあ

生まれる家を間違《まちが》えた。

そう思うくらい、わたしは自分の家の家風に馴染《なじ》めなかった。

名前は西園寺ゆりあ。名字がまず駄目《だめ》、わたしには雅《みやび》すぎる。全然似合っていない。名前と内面がそぐわない。自分では「オムライス山やかん」とかそんなふざけた名前が似合うと思っている。

父は服飾《ふくしょく》関係の会社の偉《えら》い人。母は元ヴァイオリニスト。姉はファッション雑誌のモデルをしていたけれど、最近ドラマや映画に出だした。

わたしはそんな才気《さいき》溢《あふ》れる家庭で育ったのに、ファッションにも音楽にも芸能にも興味がなかったし、たまに連れていかれる謎《なぞ》のパーティも苦痛でしかなかった。家族は全員それぞれ別分野でパーティにお呼ばれすることが多く、どさくさ紛《まぎ》れにわたしを連行しようとすることがある。そんなものに行くならジャージで寝転《ねころ》がってバカなコメディ映画でも観《み》ていたい。

文化的な家族の中でわたしはひとり、覇気《はき》のないくすんだ娘だった。マカロンがずらりと並ぶ中、ひとつだけホカホカの肉まんがマカロンのふりして紛れてるくらい違和《いわ》感がある。しかし、わたしはマカロンより肉まんのほうが好きだ。

とはいえ見た目だけは高貴な雰囲気《ふんいき》の家族とよく似ていたため、わたしの恥ずかしい内面を知る人はそういない。


冬が終わる三月。

高校に入学してもう一年も終わろうとしていたけれど、わたしは孤立《こりつ》していた。

いじめられているとかではない。嫌《きら》われてもいない、とは思う。

ただなんとなく遠巻きにされている。

じろじろ見られることは多いけれど、仲良くはしてもらえない。

たとえば、女子生徒と肩《かた》がとんとぶつかった時。普通《ふつう》なら「ごめんごめん」とか笑ってすませるところ、わたしは「ヒエー西園寺さん！　すいません！」と謝られる。

この間もそうだった。男子生徒がやけに緊張《きんちょう》した面持《おもも》ちでわたしに話しかけてきた。

「すいません、ごめんなさい、西園寺さん……消しゴム落としましたよ……」

男子生徒がそう言った時、近くの女子生徒が目ざとくそれに気づいて言う。

「バカ！　西園寺さんがそんな角の丸い小さい消しゴム使ってるわけないでしょ！」

「あっ！　あっ！　そうだ！　すいません西園寺さん！　失礼致《いた》しました！　この汚《きた》らし

いチンケな消しゴムは僕が食べときますね！」

わたしとクラスメイトの距離《きょり》は百万光年ほど遠い。

ちなみにわたしは消しゴムを限界まで使うので、男子生徒によってむしゃむしゃ食べられた汚らしいチンケな消しゴムはまごうことなきわたしのものだ。

クラスメイトはみんな、いまだわたしにだけ『さん』を付けて呼ぶし、話しているとなぜか敬語まじりになる。悲しい。本当はゆりりんとかさいちゅんとか、そんなフランクなあだ名で呼ばれたい。

しかしながら明るく輪に入っていき、ひょうきんに愛嬌《あいきょう》を振りまき、笑わせるようなスキルも持ち合わせていなかった。

わたしは仲のいい打ち解けた友達相手にはかなりふざけるタイプだったけれど、そんな態度を取られると、さすがにふざけられない。

「さっき佐倉君見たよ！」

教室の端《はし》からはじけるような声が聞こえてそちらを見る。

「え、見たの？」

「ひへへ。朝からイケメンで英気を養った」

「うあぁ、羨《うらや》ましい！　ていうかなんで！　なんでうちのクラスには佐倉君がいないの

―?」

「あんまり大きな声出さないの。聞こえるよ。ほら」

つられて見ると廊下《ろうか》に佐倉総士その人が背筋もまっすぐに歩いていた。

ただ歩いているだけで人の注目を集める。考えただけで疲れそうなアビリティを持ったその人は視線など気にする様子もなくまっすぐに歩いていたが、やがて女の子に囲まれ進路を阻《はば》まれた。

囲まれても女子より頭ひとつ分背が高いので顔は見える。

確かに彼の、ぱっと見の造作は凛々《りり》しいのに、どこか危《あや》ういような色気を孕《はら》む繊細《せんさい》さが同居しているその顔は女子受けの権化《ごんげ》だろう。流行《はや》りの顔とかではなく、古来からの伝統ある美形だ。おまけに学業優秀《ゆうしゅう》、運動でも秀《ひい》でている。放っておかれるわけがない。

ただ、件《くだん》の佐倉氏は騒《さわ》がれているわりに浮名《うきな》もないし、誰《だれ》のことも平等に相手にしないようだった。

彼は女性に興味がなさそうなところがあって、話しかけられても、あまり会話に乗ってこないというか、ガードが堅《かた》いのだ。それがある種の高潔さになり彼はアイドル化した。

勇猛《ゆうもう》な何人かが振《ふ》られた後は挑《いど》む者もなく、最近ではすっかり皆《みんな》の共有財産と化している。

「あー、いいないいなー、すっごいタイプ！」

「あんただけじゃなくて皆《みんな》思ってるよ」

そうかなあ。わたしはタイプじゃないな。

聞かれてもないのに脳内で返事をする。

わたしは異性のタイプなら、顔は緊張しない程度に面白《おもしろ》くて、性格は優しくて、わたしが「ほい」とか「そいや」とか合いの手を入れるだけでもしゃべり続けられる饒舌《じょうぜつ》さを持ち、人目を引かず、牛丼《ぎゅうどん》を美味《おい》しく一緒《いっしょ》に食べてくれる、そんな人がいい。

でも、その前に女の子の友達が欲しい。

わたしはいつも教室で友達同士きゃあきゃあふざけている子達が羨ましかった。わたしだって思うさまふざけたい。納豆なすりつけ合いパーティとかしたい。

納豆が食べたい。なすりつけるとか言ってごめんなさい。一粒《ひとつぶ》残らず大事に食べます。

帰りに買おう。わたしはおこづかいでおやつに納豆を買って、こっそり食べている。

我が家の食卓《しょくたく》はわたし以外全員の趣味《しゅみ》により極端《きょくたん》に和食が少ないのだ。

テーブルにはカタカナの名前の料理ばかりが並ぶ。味噌《みそ》汁《しる》じゃなくスープ。なんちゃらのムニエル、なんちゃらのグラッセ、ナントカパッツァにウンチャラリエット……嫌いなわけではないけれど、普段《ふだん》のメニューにあまり出てこないものがわたしにとってのご馳走《ちそう》となっていた。同じビーフならローストビーフやビーフストロガノフよりも牛丼が食べたい。

ぐぎゅるる、わたしの腹の虫が同意した。

牛丼食べたい。

しかし、わたしのお気に入りのチェーンの牛丼屋は近場にはない。もとより進学で別れた中学の友達数人と一緒じゃないと入る勇気もなかった。

食べたい食べたい。

もう、どれくらい牛丼を食べてないだろう。

どれくらいふざけた遊びをしていないだろう。

中学まで行っていたエスカレーター式の女子学校では友達がいた。親が家を新築して引っ越《こ》すおりに新居周辺で一番学力の高いこの高校へと進学した。こんなことなら遠くても前の学校に通い続ければよかった。

ああ、ふざけたい。友達が欲しい。

友達と変な顔しあってゲラゲラ笑いたい。つまらない。現実、つまらない。

モヤモヤと思考が沈殿《ちんでん》した時に行く場所がある。わたしはそこに向かった。

◆ネクラ

俺は第二図書室の扉《とびら》を開けた。

この、第二図書室というのは皆がそう呼んでいるだけで、実際は図書室ではない。

年々増えていき図書室に置ききれなくなった蔵書。その行く先を決めるまでの一時保管所のような場所だった。ちゃんと使用されている図書室と比べて狭《せま》いしほとんど誰も来ない。ここは数ヶ月前から鍵《かぎ》が壊《こわ》れていたけれど、誰も気にしなかったので放置されていた。あるいは壊れたことにも気づかれていない可能性もある。そのくらいの僻地《へきち》。端的《たんてき》に言うと穴場だった。

置かれた古い本達のカビ臭《くさ》い匂《にお》いは俺の心を癒《いや》した。奥の奥に行って、しゃがみこむ。

クラスにいても、気詰《きづ》まりでしかない。

なぜ俺はこんなにモテるのにモテないのかを考える。これだけモテるならばそろそろ心もそれに即《そく》したものになってもいいはずなのに、実情は悪化する一方だった。なぜ心だけがいつまで経《た》ってもこんなにモテないやつのそれなのか。

結局は自意識過剰《かじょう》なのだとは思う。

自分の容姿からイメージされている偶像《ぐうぞう》を壊す勇気がないのだ。

さりとて思われている通りの人間を演じられる器用さもない。

たとえば自分の顔が見えないところで女の子と仲良くなれば、自分というものを偽《いつわ》らずに出せるだろうか。

しかし冷静に考えれば、中身で好きになってもらえるような男でもない。

偽らざる中身を知られたら絶対に好かれない。つまらないから。

しかし、中身を偽っているうちは会話すらできない。

やはり内面からモテる男になるしかない。

意識を変えよう。

俺は一応モテるのだから、意識がモテるようになれば、完全なるモテるやつになれる。

しかしモテる内面ってどういうやつだ。わからない。

こういう思考をする時、いつも俺の頭の中には架空《かくう》の女の子が浮《う》かんだ。小さな藁《わら》人形の形をしたその女の子の名は藁子ちゃん。目の部分に『女』の字が書いてある。俺の頭の中の『女の子像』の塊《かたまり》である彼女は、俺にいつも女の子のなんたるかを教えてくれる。

俺の中の女の子人形、藁子ちゃんが軽薄《けいはく》な声で言う。

『女の子はー、優しい人が好きー』

それだ。

間違《まちが》いない。

親切。一日一善。悪いはずがない。

藁子ちゃんは正しい。

ここから始めよう。モテ人生。

そんなことを考えていると、扉のほうからガタンと音がして心臓が跳《は》ねた。

この息の音、足音のリズム。そしてほのかな香《かお》り。

間違いない！　女子生徒だ！

まずい。なんでまずいかわからないけど、俺がこんなとこいるの見られたらまずい。

第二図書室はとても狭い。なにしろ本棚《ほんだな》は一列しかない。みっしりした大きめの木製の本棚と、その奥にパイプの安っぽいのがひとつだけ。入口から俺の姿は、みっしりした本棚が壁《かべ》となって見えない。

女子生徒は俺が本棚を挟《はさ》んだ隣《となり》にいることには気づいていないらしく、可愛い声で「うぅん」と伸《の》びをした。俺は反対に縮こまって息を殺した。

それからため息混じりにこぼすのが聞こえた。

「あー、納豆食べたい」

納豆？

女子生徒の声は確かにそう言った。あまり聞かない種のひとりごとだ。

女の子は皆《みな》チョコとケーキとアイスが好きなものではないのか⁉　菓子ちゃんはそう言ったぞ。納豆食わないとまでは言わないけれど、女の子にとって納豆がひとりごとでもらすほどの存在には思えない。え、それとも俺が納豆を侮《あなど》り過ぎている？　ていうか「納豆」と「豆腐《とうふ》」ってどう考えても漢字逆だと思うんだけど。ヤバい。すごい関係ない。思考を戻《もど》さなくては。

俺の混乱した思考に追い討ちをかけるひとりごとが飛んだ。

「うわー、牛丼食べたーい！」

牛丼、だと？

目を見開いて驚愕《きょうがく》していると女子生徒は小さな声で「食べたい食べたい」と唱えている。

混乱する。激しく混乱する。

どういう状況《じょうきょう》なんだ？　どうなると女子が牛丼を食べたくなるんだ……。女の子はひとりごとではパフェ食べたいとかピンク大好きとかしか言わないはずだ。女子が牛丼を食べたい状況とは。

そうか。わかったぞ。

「は、腹が減ってるのか⁉」

俺は混乱のあまり声を出してしまった。

その瞬間《しゅんかん》、向こうの気配が息を呑《の》んだのが感じられて、血の気がひいた。じわっと嫌《いや》な汗《あせ》をかく。

なぜ、声を出した俺。しかし、話しかけてしまった以上、もうあと戻りはできない。

焦《あせ》った俺はなんとか不審《ふしん》者になるのを免《まぬか》れるため、優しさのこもった台詞《せりふ》を追撃《ついげき》のように早口でひねりだした。

「おい、ぱ、パン食うか？」

「え、え？」

だいぶ混乱した声が向こう側から聞こえたが、俺も自分の発言に同じかそれ以上に混乱した。優しさを目指したはずが、だいぶトチ狂《くる》った感じになった。

俺は食べようと思っていた手の中の焼きそばパンを見つめ、ヤケクソ気味に本棚の向こう側に向かって投げた。本棚は高く、みっしりと本が詰《つ》まっていて天井《てんじょう》近くまであるが、パンが通過するくらいの隙間《すきま》はあった。

ぺし、とパンが床《ゆか》に落ちる軽い音がした。

俺は、一体なにをやっているんだ。

これは、優しさ……なのか？

答えてくれ！　薫子ちゃん。

薫子ちゃんは『そーしくん、最高にキモいよー』と教えてくれた。

さすが薫子ちゃん！　だよね！　顔も見えないのに急にパン食べるかとか！　優しさどころか事案発生だよね！　自分の発言を省《かえり》みてどっと汗が出た。

大体なんだよ。

「腹が減ってるのか？」

「パン食うか？」

これは完全にジャングルで未発見の変な生き物に遭遇《そうぐう》した時のニンゲンの台詞だ。気が遠くなった。

向こう側からぷっと吹《ふ》きだす声が聞こえた。

「焼きそばパン……」

それちゃんと市販《しはん》のパンだから！　陰毛《いんもう》とか入ってないから！　心の中で叫《さけ》ぶ。

顔が見えない相手がパンの袋《ふくろ》を開ける音がした。ソースの匂いがこちらにまでふわっと届いた。

「ありがと。タベル」

食べるのか。少しほっとした。

本棚の向こうの相手はどこか未開のモンスターっぽい返事をして、またくすくす笑った。

そして、女子生徒は驚《おどろ》くべき返答を続けてきた。

「オマエ……いいヤツ……オデ、おマエ食ワナイ」

どこか低い、籠《こも》ったような作り声で言われてわかった。

〝未開の地のモンスターごっこ〟が始まっている。

そんな遊びがあるかはともかく、そういうふざけた返答だった。

俺は感動に震《ふる》えた。いいやつはお前だ。排便《はいべん》もろくにしないはずの女子でありながら、
俺の未開のモンスターごっこに乗ってくれるとは。

俺は断じて未開のモンスターごっこをしかけたわけではない。しかし、危ないやつにならなかったのは九死に一生を得るほどの奇跡《きせき》だった。優しいモテる人にはなれなかったけれど、焼きそばパンを持ったひょうきんな人として不審者になるのは免れた。

言いようのない動揺《どうよう》で揺《ゆ》れてしまいガタガタッと音がした。音を立ててはいけない気がしてまた固まる。

俺はそのまま微動《びどう》だにせず、なるべく音を出さずにハァハァしながら、女子生徒がパンを咀嚼《そしやく》してごくんと飲み込むごく小さな音にずっと耳を澄《す》ましていた。控《ひか》えめに言って変態度が高い。一刻も早くこの場を出ていきたかったけれど、女子生徒の前を通らないと扉

を出られない。動くに動けなかった。

やがて、空のビニールを畳《たた》むような音が聞こえた。完食したらしい。

女子生徒が「ふう」と小さな息をこぼして言う。

「ゴチソウサマ、ウマカッタ。次はオマエを食う」

「げほっゴホッ」

俺は激しくむせこんだ。

女子生徒が「ダイジョウブカニンゲン」と言って立ち上がった気配がして慌《あわ》てて言う。

「待て、近づくな！　俺は美味《うま》くないぞ！」

とっさに最悪の台詞をこぼした俺に女子生徒が小さく鼻息をふすん、ともらす音が聞こえた。またくすくす笑っている気配がする。

「ニンゲン、オマエ……名前、なんていう……ぶふ」

言いながらちょっと笑っている。

なんというか、この女子生徒、ノリノリだった。細かいことはさておいて、助かる。

「ニンゲン、ナマエ……くっくくっ」

「えっあっ、な、名前？　えっと、さく…………さく？　いやっ、俺はしがない名もないネクラ！　ネクラやろうです！　……あのっ、来るな！」

来るな、と叫ぶまでもなく、女子生徒は立ち上がったような気配はしたけれど、こちらに向かってくる様子はなかった。そのまま本棚越《ご》しに明るい声を出す。

「ネクラ……？　じゃあわたしは……さすらいの非リアで」

「えっ」

「うーん、あ、ヒリア！　ヒリアって呼んでよ！」

「ひ、ひりあ？　ちゃん」

どう考えても本名じゃないのに女の子の名前を呼ぶにあたり、声が裏返った。

女子生徒ヒリアはそんな裏返りも意に介《かい》さずに「うん！　あだなみたいじゃない？　あなたはネクラ君！」と嬉《うれ》しげに言ってまた楽しそうにくすくす笑った。

俺と謎《なぞ》の少女、ひりあちゃんはその場かぎりの謎のハンドルネームを用いて少しだけ話をした。

顔の見えない友達

◇ヒリア

「さいちゅーん！　こっちこっち！」

春休みに入ってわたしはつかの間の休息を楽しんでいた。

お休み大好き。今日は友達を訪ねて、かつて住んでいた街へと来ていた。

「マホ、りゅんりゅん！　ゴリアテー！　みんな、久しぶりー！　あれ、ぽちょむきんは？」

「ぽちょ今日来れないって。さいちゅんに会いたがってたよー」

「そうかー残念。よろしく言っといて」

「さいちゅん相変わらず可愛いね！」

「本当に？　これでも？」

激しく変顔をしてみせるとみんな笑ってくれる。ああ、安らぐ。

「中身は相変わらずだねー。前友達できないとか言ってたけど、あのあとできた？」

「できなかった！」

「なんでだろねー、さいちゅんはこんなに面白《おもしろ》い子なのに」

「なんか敬語使われてる」

そう言うとみんなが「あぁ～……」と頷《うなず》いた。

それから「さいちゅんいい子だから、そのうちできるよ」と口々に慰《なぐさ》めを言ってくれる。

「ありがと。あ、でもこの間、見知らぬ男子と珍獣《ちんじゅう》ごっこして遊んだよ」

「は？　珍獣ごっこ？　なにそれ」

みんながきょとんとするので珍獣モードに入って低い声を出す。

「ニンゲンたち、元気ソウダナ……オレ、オハナ、タベナイ」

「お、オオ……サイチュン……オマエ……オハナ、タベナイ……タベルノニンゲン」

さすが友人達。即座《そくざ》に理解して珍獣で返してきた。しかし、みんなが未開の地のモンスターになったので、発見役の人間がいないという事態になってしまった。

駅から一番近いゴリアテの家に行って、買い込んだお菓子《かし》を開封《かいふう》して、話を再開させる。

「さいちゅん、そのモンスターハンターの人とは友達になれなかったの？　相当仲良くないとそんな遊びできないと思うんだけど……」

「それが顔も名前も知らないんだよね」

「即答《そくとう》！」

「顔も名前も知らない相手にモンスター遊びふっかけたの？　さいちゅんそれどうなの」

「ふっかけてきたのは向こうだもん」

そう答えつつも、ちょっと考えた。

てっきりわたしがひとりごとを聞かれて恥《は》ずかしいところにギャグをふって流してくれたのかと思っていたけれど、冷静に思い返すと別にモンスター遊びをしかけられたわけでもない、という解釈《かいしゃく》もできる。

そもそもわたしはあの時、ストレスがたまっていて、ふざけたくてしかたがなかった。だからそう思ってしまっただけかもしれない。でもそのあともちゃんと乗って返してくれてた。もし違《ちが》うとしてもいい人だ。

「名前はともかくなんで顔がわかんないのよ」

しっかり者のマホに言われて、みんなにそこまでの経緯《けいい》を話す。

「なるほどー、そういうことか」

「その人、なんで話したのに、さいちゅんのほうに来なかったのかな」

「わかんない。でも、わたしも顔見られたくなかったからちょうどよかった」

「なんで」

「顔見ると普通《ふつう》に話してくれない人多いんだもん……」

少なくとも気さくにモンスターごっこをしてもらえる顔じゃないことは自覚している。

だからあの日も結局、挨拶《あいさつ》して顔も合わせないままそくさと先に第二図書室を出たのだ。

「うーん、そっかぁ。さいちゅんはもう高校でそういうキャラなんだね……」

「残念ながら」

「その人あとで探した？」

「うちの学校クラス多いし、第二図書室で会ったから、他学年の可能性もあるし……多過ぎて。声しかわかんないのに、無理だよ」

しかも、わたしはアニメの声優が途中《とちゅう》で替わってもまったく気づかず観《み》ているタイプなので、声で絞《しぼ》るのはそもそも無理そうだ。声の出し方が似ていると皆《みんな》同じに聴《き》こえる。

「そっかあ……」

「あ、ねえ、さいちゅん共学どうなの？　格好いいモテる人とかいる？」

わたし以外のみんなはずっと同じ学校でそう変化がない。幼稚園《ようちえん》から一貫《いっかん》の女子校なのもあって、皆《みな》こちらの話を聞きたがる。

モテる人を聞かれて、佐倉総士《さくらそうし》がぽんと浮《う》かんだ。

「なんかねえ、同じ学年にすんごい貴公子みたいな人がいるよ」

「えーどんなどんな？」

「すんごいモテて、いつも女の子に囲まれているんだけど、隙《すき》がなくて誰《だれ》とも付き合ったり仲良くしたりしないの。すごいよ。なんかちょっと頷いたり返事しただけできゃあとかわあとか騒《さわ》がれてる」

みんなもわあきゃあ言って食いついてきた。

「どんな顔？　芸能人で言うと誰？」

「うーん……芸能人はわかんないけど……皆《みんな》は天草四郎《あまくさしろう》に似てるって言ってたよ」

「天草四郎の顔見たことあんのかよ！」

「それは……ないと思うけど……イメージ？」

「さいちゅんもファンなの？」

「ぜんぜん。だってああいう人は友達と一緒《いっしょ》に見て騒ぐのが楽しいんだよ。わたし友達いないから……ファンにもなれないよ」

「友達がいないと男子にきゃあきゃあ言うこともできないか……哀《あわ》れさいちゅん」

「わたし色々哀れだよー」

ひとしきり話したあと壁《かべ》の時計を見たりゅんりゅんがわたしの顔を見て言う。

「あ、もうお昼だね。そろそろ行く？　牛丼《ぎゅうどん》」

「ぎゅうどん！　いいの？」

「そりゃさいちゅんが来るんだからみんなそのつもりだよ！」

「初めて行った時のさいちゅんの号泣《ごうきゅう》っぷりが忘れられないよ」

「美味《おい》しいって泣いてたもんね」

みんな笑ってそう言ってくれる。友達最高。牛丼最高。

＊

楽しく遊んだその日の帰り、わたしは行きと同じように電車に乗った。

途中《とちゅう》乗り換《か》えがひとつあった。

改札を出て、普段は降りない駅で降りて、雑多な駅前のお店を見まわす。

知らない街を探索《たんさく》するのがわたしの趣味《しゅみ》のひとつだ。

ドラッグストアがある。お団子屋さんも。あ、商店街もある。

ゆっくり見て歩きたい気持ちもあったけれど、今日はもう遅《おそ》い。今度。今度絶対また来よう。未練がましくちらちら見ながら駅に向かう通路で、声が聞こえた。

「豆腐《とうふ》〜できたて豆腐〜」

ぱぷー。ラッパの音もした。

見るとリヤカーをひいて豆腐を売っている人がいた。

うちの近所ではこんなのあまり見ない。物珍《ものめずら》しさでジロジロ見つめる。

ん？

ほっかむりみたいなのをしているけど、あの豆腐売りの人には見覚えがある。

あれは学校のアイドル、佐倉総士じゃないのか？

見間違《みまちが》いかと思って何度か見つめたけれど、やはり佐倉総士に見えた。佐倉総士にしか見えない。

「豆腐～美味しい豆腐～」

ぱ～ぷ～。

しかし、どう考えてもありえないのでよく似た別人だと処理することにした。

ない。佐倉総士が、豆腐はない。あの人はたぶんキャビアとかしか売らない。

◆ネクラ

短い春休みが明けて、俺は高校二年生になった。

鮮《あざ》やかな桜はすぐに散ってしまい、すぐにいつも通りの緑色の日常が始まった。

しかし、生活はほんの少しだけ新しい。

めぼしい変化のひとつとして、クラス替《が》えがあった。うちの学校では二年から学力別に振《ふ》り分けられる。もともとギリギリの学力で入った薮坂《やぶさか》とはやはり別のクラスになった。

新しいクラスには〝氷の姫《ひめ》〟西園寺《さいおんじ》ゆりあがいた。

相変わらず神々《こうごう》しいオーラを放っている。人間の中に妖精《ようせい》が紛《まぎ》れ込んでいるかのような美しさに、周りの男達が話しかけるでもなくうっとりと眺《なが》めていた。女子も時々チラ見して、はぁ、とため息を吐《つ》いている。すごいなと感心する。

新しいクラスの雰囲気《ふんいき》は、悪くなかった。

騒がしすぎず、大人しすぎず、明るい感じがする。

男子生徒が数人、さっそく輪になってゲラゲラ笑っていた。楽しそう。

そちらをぼんやり見たまま移動しようとすると肩《かた》をどんと誰かにぶつけてしまい、見るといつのまにか移動していた西園寺さんだった。

動揺《どうよう》してしまい、言葉を出せずにいると、彼女が小さな声を出す。

「ごめんなさい」

うわ、しゃべった！　動いた！　生きてる！

俺は酸素が薄《うす》くなり、やっとのことで〝気にするな〟というように黙《だま》って首を横に振ることしかできなかった。

別に怒《おこ》ってはいなかったし、不快な顔をされたわけでもないけれど、近寄りがたさがすごい。なるべく関わらずに生きていこうと心に決めた。なんか、住んでる世界が違う。

それなのに、複数ある委員会の担当決めで俺は彼女と共に学級委員に選ばれてしまった。なぜ。

学級委員て、もっと人望があって人をまとめられる人がいいんじゃないのか。俺がそんなものをできるものだろうかと悩《なや》んだ。

先生の前に並んだ時西園寺さんが「よろしく」と言ってくれたので、なんとか小さくカクンと頷いた。変な人形みたいな動きになっていないか心配だ。

それでなくても女子は苦手なのに、この人を前にすると言葉がまったく出なくなる。

ほかの女子でも目は合わせられないけれど、目どころか姿そのものにピントを合わせられない。いっそ恐怖《きょうふ》を感じる。

「よーし、よし。決まりだな。お前らあとで職員室に来い」

担任は毛深いずんぐりゴリラ系の増田《ますだ》先生。どこかすました先生が多いこの学校では心のオアシスだった。

「はい」と答えると少し後ろから「はい」と西園寺さんの返事が聞こえた。

休み時間に言われた通り職員室に向かう。西園寺さんと一緒に行くのが自然なのかわからなくて、誘《さそ》うこともできず、教室を出た彼女の少し後ろを隠密《おんみつ》のように静かにヒタヒタと追う。変質者の気持ちでいっぱいだった。

骨格なのかなんなのか、後ろ姿がすでに可愛い。なにあれ本当怖《こわ》い。

「おう、ふたりとも来たなー」

増田先生がニカっと笑って俺を見たので西園寺さんがつられて俺のほうに振り向いた。

視線どころか意識を遠くに飛ばしてしのぐ。

先生からいくつかの仕事の説明があって、それに受け答えをした。毛深くて汚《きたな》らしい男の先生とは緊張《きんちょう》せずに話せる。すごく普通に会話できる。

学級委員と聞いて萎縮《いしゅく》してしまっていたが、大した仕事はなかった。

体育祭や文化祭、修学旅行などの決め事はほかに委員があるのでやらなくていい。メインの仕事は朝の挨拶の号令。集会時の人数確認。それからたまにある学級委員の集会への出席。それ以外はだいたい雑用というか、先生の小間使いポジションに思えた。これなら俺にもできそうだ。

ほかになにか質問はあるかと聞かれ、俺の背後にいた西園寺さんが「あの」と口を開く。

「なんでわたし……選ばれたんでしょう」

増田先生はガハハと笑ってなぜか彼女ではなく俺の肩を軽くバンバン叩《たた》いた。

「お前らはクラスの〝顔〟に選ばれたんだよ。深く考えずにがんばれ」

西園寺さんがちらりと俺を見たけれど、硬直《こうちょく》してしまい、首が、表情筋が動かなかった。

「あ、ついでにこれ。さっき配り忘れてたんだよ。頼《たの》んだ。これを頼むためにわざわざここで説明したんだよーん」

「はぁ」

先生から渡《わた》された小さめサイズの教材を持って職員室を出た。

西園寺さんが俺のほうを見て言う。

「あの……持つ？」

「いや……」

心の中は「いや……」じゃなく「いやーん」だった。俺のことは道に落ちている軍手ぐらいの扱《あつか》いで、どうか、いないものとして扱ってほしい。脂汗《あぶらあせ》出そう。

教室に入ると西園寺さんが今度は「配る？」と聞いてくる。

手を伸《の》ばされたけれど、手のひらで制した。

こんなしょうもない仕事、この方にさせられない。

「え、でも」

「いや、いいよ」

手早く仕事をすませ、彼女に軽く会釈《えしゃく》して教室を出た。目指すは廊下《ろうか》の一番端《はし》のクラス。

ぼんやりしてると女子に話しかけられてしまうので急ぎ足でそちらに向かった。

教室を覗《のぞ》くと薮坂が男子数人とゲラゲラ笑っていた。あいつ、もう新しいクラスにうちとけてやがる。こちらを見たので片手をあげて呼び出した。

廊下《ろうか》の端に移動して小声でしゃべる。

「おー総士。春休みどうしてた？」

「ずっとバイト」

「今はなんのバイト？」

「親父の知り合いのツテで、リヤカーで豆腐売ってた」

「お前……知ったやつに見つかったらどうすんだ」

「ほっかむりしてたから大丈夫《だいじょうぶ》。それより聞いてくれ、西園寺さんと、学級委員になった」

「ゆりあさんと……」

「バカ薮坂！　下の名前など出すな！　やめろやめろ畏《おそ》れ多い！　あのお方が近くにいたらどうする！」

「いないよ。お前はどこの時代劇だよ」

「ひかえおろーう」

ふざけて言うと白い目で見られた。

「総士、お前のほうこそ、周りに聞こえるぞ」

ぱっとキョロキョロあたりを見まわした。近くに人はいない。

少し遠くにいるが自分達の話に夢中だった。ほっと胸をなでおろす。

「で、どう？」

「すごいな。近くで見るとヤバイな。あの可愛さ。人知を超《こ》えているな」

「なんか話した？」

「ははッ。話せるわけないじゃないか、この俺が。俺、至近距離《きより》で西園寺さんの吐いた二酸化炭素吸ったぞ。すごいだろ」

藪坂が「はぁ～」と呆《あき》れたようなため息を吐《つ》いた。

「お前……せっかくのチャンスなのになにやってんだよ」

「チャンス？　なんの？　四十八人目の彼氏になる？　言っとくが絶対無理だぞ」

「まあ……無理だろうな。あ、彼氏は最新情報だと四十九人だ。だからなれるとしても五十番台だ」

「増えたのか……」

「上の学年に我こそが彼氏だと言ってるやつがふたりいるらしいが、実際に彼女と話してるところを見た人は誰《だれ》もいない……」

「そこはかとなく都市伝説みたいだな……」

「ゆりあさんは無理として……お前そろそろ彼女つくれよ」

「無理。ていうかなんでお前にそんなことを言われなきゃならないんだよ」

「噂《うわさ》になってるからだよ！」

「は？　誰と誰が？」

「オレとお前が!!　お前が女子にまんべんなくガードが堅《かた》く、男友達もそういないのにオレとだけやたらと話すからだよ！」

「はッ、馬鹿《ばか》なことを……」

「馬鹿でもなんでも！　オレはいい迷惑《めいわく》なんだよ！　このままだとオレとお前の薄い本ができかねない！　彼女つくるまで会いにくんな！」

「いや、そんな！　ご無体な！」

「うっせえ！　とりあえず話しかけんな！」

「わかった。また来る」

「来んなっての！」

　薮坂に拒絶《きょぜつ》されてしまった。

　こうなると学校には友達がいない。

そうでなくても人見知りで、仲良くなるには時間がかかるタイプなのに、ほかの男子と友人になる隙《すき》はなかなかない。

困った。

俺はただ、適当にふざけた話をこっそりしてくれる人間がひとり欲しいだけなのに。

◇ヒリア

新学期になってから、わたしは久しぶりに第二図書室に来た。

もしかして二年生になったらこの場所を使わなくてもいいのではという淡《あわ》い期待はあっけなく砕《くだ》け散った。結局一年の時となにも変わらなかった。友達欲しい。

本棚《ほんだな》の奥に行ってネクラ君がいないか確認したけれど、誰もいなかった。

そのまま奥のスペースにしゃがみこみ、カビたような紙の匂《にお》いを嗅《か》いではぁとため息を吐いた。

学級委員にまでされた。人望ないのに。

本の背表紙を無意味に指でトイトイ触《さわ》っていると、ばん、と扉《とびら》の音が聞こえた。はぁ、と小さなため息が聞こえて男子生徒だとわかる。もしかして、と思ってぱっと顔をあげる。

「ネクラ君⁉」

「えっ」

「ネクラ君？　わたし！　ヒリアだよ！」

勢い込んで話しかけたけれどもしかして人違《ひとちが》いだろうか。

不安になっているとすぐに「ひっ」と聞こえて数秒後「久しぶり」と小さな声がした。

ネクラ君は久しぶりに会えてもやっぱりこちらに来ようとはせず、わたしのいる本棚の反対側でそのまま座り込む気配がした。

相変わらず姿を見せようとしない。でも、わたしもそのほうが話しやすい。

「あのさ、モンスターごっこなんだけど……あれ、モンスターごっこでよかった？」

勇気を出して確認すると長い長い沈黙《ちんもく》のあと、そんなつもりはなかったとの回答が得られた。う、うわぁ。わたしって……わたしって……。

「ごめんなさい……ひょうきんな人だと思って……つい」

「いや、そう思ってもらえてよかったよ」

「すいません。楽しかった」

そう言うと向こうで小さく息を吐《は》く音が聞こえた。

「今日はニンゲンでいいの？」

ネクラ君がそう言ってくれたので笑いながら「今日はね、人間バージョン」と答える。

ふざけて話すのも楽しいけれど、普通《ふつう》に話もしたい。

「わたし、友達いなくて……新しいクラスでもできなさそうなんだ」

「えっ、そうなの？」

意外だといわんばかりのリアクションが返ってきた。

「友達いたら、休み時間にこんなとこいないよ」

「それもそうか……い、いや、実は俺も……友達いなくて」

「ネクラ君も？　そうなんだ！」

めでたいことではぜんぜんないのに仲間意識で喜んでしまった。

「ひりあちゃん明るいし、すぐできそうだけどな……」

「わたし、人見知りすごくて……」

「俺とは最初から話せたじゃない」

「それは……ネクラ君が話しやすかったから……」

スタート時点から振《ふ》り切ってふざけてしまったので、人見知りする間もなかった。

あとはお互《たが》い顔が見えなかったのもよかったのかもしれない。

それに、普通に話しても彼の優しい話し方はわたしも緊張《きんちょう》しないでおしゃべりできる。

「ネクラ君、すごくいい人なのにね……」

「い、いや俺は……生ゴミだから……話も下手《へた》だし……」

「そんなことないよ！」

可哀想《かわいそう》に友達がいないことですっかり卑屈《ひくつ》になっているに違いない。気持ちはわかる。

どうせ顔も見えないし、名前も知られてない。気も合いそうだし、人に言えない話も彼になら言えそう。

「なんか、目立つ人と同じ委員会になっちゃって……わたし、嫌《いや》がられてる気がするんだ」

「委員会って、なんの……いや、いい。そうなんだ。ひりあちゃん話しやすそうなのに」

「被害妄想《ひがいもうそう》かもだけど、ぜんぜん目も合わせてもらえないし、会話もしてもらえない」

「それはひどいやつだな！」

「やっぱりそう思う？　気のせいかなって思ったりもしたんだけど、普通そんな対応しないよね……」

「そんな対応するやつはクズだ！　性格が悪い！」

「あのね、その人……なんでもない」

佐倉総士は割と有名だ。名前を出そうかと思ったけれど、学年もクラスも伝えていないのによそうと思いとどまる。流れでわたしの素性《すじよう》が知れてしまうようなことは避《さ》けたい。

名前や顔を知られてもいいことがある気がしない。

女子ならともかく、ネクラ君は男子だ。

わたしはモテない容姿ではないけれど、入学してからこの方変なのにしか好かれてない。

反面マトモな人には敬語を使われて避けられている。

ネクラ君のようなマトモな人には忌避《きひ》されるかもしれない。

わざわざ自分から素性を明かすことはない。

嘘《うそ》をつけるとは思わないけれど、せめて、もうちょっと触《ふ》れないでいよう。

「……ひりあちゃん、聞いてもいい？」

「えっ、なっ、なにを？」

やはり、素性に関わることかと身構えていると、本棚越《ご》しにたっぷり考え込むような間のあと、ネクラ君は言った。

「こんな機会そうないから……勇気出して聞くけど」

「う、うん」

「……も、モテる男って、どんなのだと思う？」

「………ひぇ？」

「い、いやなんでもない！　なんでもない！」

「ネクラ君、モテたいの？」

友達もいないのに？　まず先に友達じゃないの？　という台詞《せりふ》は飲み込んだ。優先順位は人の勝手だ。

「い、いや、モテたいとかってわけでもないんだけど……俺、普段女子とちゃんと話さないから……参考までに聞いてみたい」

やっぱりモテたいんじゃないのか。

いや、高校生男子、モテたいよな。モテたくないはずがないよな。

なんだか可愛いな。ネクラ君。

思わずふすーと笑ってしまうが向こうの反応がないのでひっこめる。

いけない。モテる男について、真面目《まじめ》に考えてあげなければ。

モテる男。と考えて同じクラスの佐倉総士がぱっと浮《う》かんだ。しかし、背が高くて顔とスタイルがよくて成績優秀《ゆうしゅう》、運動もできる、謎《なぞ》の色気と雰囲気《ふんいき》もある、というあれは、とても一般《いっぱん》に参考にできる物件ではなさそう。

しかし、ほかにサンプルを知らなかった。

「うちのクラスのモテる人はねえ……なんか顔がよくて……」

「あっ、見た目じゃなくて、内面の話なんだ。見た目はしょうがないから……」

「あ、そ、そうだよね！　ごめん！」

酷《ひど》いことを言ってしまったかもしれない。ネクラ君の顔は知らないけれど、自信があったら隠《かく》れてなんていないだろう。思いやりのない発言だったと反省した。

「えっと、モテる人……モテる人……あー……えっとわたし、中学までずっと女子校で……その……」

「あ、あうあ。あまり難しく考えないで……」

わたしの好みはあまり一般的じゃない自覚がある。ここは一般的な回答をすべきかも。

「えーっと……優しい人？」

「……や、やっぱり⁉」

「わ、わかんないけど……一般的には？　そうなのかなって？」

「そ……そうなんだ？」

なにか、双方《そうほう》に自信がなく、あまり実りを感じなかった。広がりもなければ、発見もない。まるで役に立たない発言をした感覚がある。でも、わからないのだから仕方ない。

わたしモテる男じゃないし。今度お父さんあたりに聞いてみようかな。

でも、とりあえず、ネクラ君はいい人だ。励《はげ》ましてあげなくては。

「ネクラ君、元気出して。ネクラ君ならきっとよさをわかってくれる人いるからさ！」

現にわたし、佐倉総士とネクラ君なら、迷わずネクラ君を選ぶ。

そんなこと言うと変な感じになりそうだから言えないけれど。

「わたし、本当にネクラ君には友達も彼女もすぐできると思うよ！」

「はは……それは無理だけど……でも、ありがとう」

苦笑しながらの声に温かさを感じた。

「あ、でもほら！　わたし達、友達だし！　ほらもう友達できたー！　ははは っ……」

「……」

あ、調子乗りすぎたかな。いくらなんでも顔も見せずに名前も名乗らずに友達はないよね。ないよねー……。

沈黙が返されて変な汗《あせ》が出てきた。「なんてね！」とかつけたほうがいいかな。

煩悶《はんもん》していると向こう側でひふーと息の音が聞こえた。

「……いいの⁉」

「えっ」

「え、と、友達、いいの？　だってほら俺、その、こんなアレで、モテないクソ野郎《やろう》だし顔も出せないアレなのに……ひりあちゃん友達になってくれるの⁉」

「も、もちろんだよ！　そんなそんな、顔とか名前なんてにんげんの本質にはなんの関係もないよ！　わたし、ネクラ君と話しててすっごく楽しいし！」

「……」

またネクラ君が黙《だま》った。

自分がおかしなことばかり言ってる気がしてドキドキする。

やがて、さらに長い沈黙のあと、彼が鼻声で「ありがとう」と言ってわたし達は友達になった。

◆ネクラ

ひりあちゃん、すごくいい子。

話してると癒《いや》される。友達がいないから、こんなつまらない男を友達にしてくれる、可哀想な子。あんなにいい子なのに。

俺だけじゃなく、向こうも姿を見せたがっていない気がする。姿を見せようとしないのは容姿にコンプレックスがあるからかもしれない。あんないい子、たとえどんなバケモノ級のブスだったとしても抱《だ》きしめて可愛いよと言ってあげたくなる。

どんな人間でも性別が女である限りそんなことは本当にはできそうにないけど。

ほのかに胸が高鳴るのを感じて慌《あわ》てて打ち消す。

せっかく友達になってもらえたのに、余計な感情を持ち込んだら嫌《きら》われてしまうだろう。

朝のホームルーム終わりに増田先生が言う。

「放課後、校長室の掃除《そうじ》を手伝ってくれるやつ、いるかー?」

誰《だれ》も手は挙げなかった。

増田先生はよく言えば親しみやすい先生であったが、教師の中では断トツにだらしなくて、毛深くて、人使いが荒《あら》かった。職員室のポットの洗浄だとか、自分の机周りの片付けとか、平気で手伝いを頼《たの》んでくる。

しかも手伝えと言われて行くと先生はなにもしてないことも多い。というか、それしかない。最近はみんなわかっているので寒々しい目をいっせいに向けていた。

だが、そんなことでたじろぐ先生じゃない。これだけ毛深いんだから心臓にもワサワサ生えていてもおかしくない。

「じゃあ今日は七日だからー……ふひひっ、近藤《こんどう》……は部活あるな……佐倉!　西園寺!　おっ、ちょうど学級委員だな!　ふたりに頼む」

なぜそうなった。

西園寺さんが一瞬《いっしゅん》だけこちらを見て、ほんのわずか眉根《まゆね》を寄せるのが見えてドキッとした。気のせいか、嫌そう。いや、俺だって掃除は嫌だけど。

放課後、俺と西園寺さんは揃《そろ》って校長室にいた。

校長は小柄《こがら》で温和そうなおじいちゃんだ。ちょっとフガフガしている。

俺と西園寺さんを見てニコニコしながら言う。

「わりゅいねぇ。いやね、この額の縁《ふち》のホコリとか、見たら、急にしゅごい気になっちゅって！　あとあのあの、棚《たな》の上ね！　ホコリまみれでにぇ。終わったらお菓子《かし》あげるからにぇ！」

どうも普段の掃除では触れないような細かいところが急に気になっちゃったらしい。

増田先生は「終わったら知らせてくれ」と言ってサッと出ていく。逃《に》げ足が早い。

校長は最初、校長椅子《いす》に座ってニコニコ見ていたけれど、少し埃《ほこり》が散ると「窓、あけりゅね」と言って大きく窓を開けてどこかへ避難《ひなん》した。

振《ふ》り返ると西園寺さんがハタキを持っていた。盾《たて》やトロフィーのようなものにパタパタとハタキをあてているが、ホコリが舞《ま》うばかりであまり落ちてない。

「あの……」

声をかけると不機嫌《ふきげん》そうに睨《にら》まれる。え、俺なんかしたか。

「えっと、一度全部上の物をどけて、拭《ふ》いて……棚も拭いて戻《もど》したほうが早くないかな」

西園寺さんは目をぱちぱちさせて、棚と俺を見た。

それから無言で棚の物を床《ゆか》におろし始めた。返事なし。なんか嫌われてる気がする。

しばらく無言で掃除していると、騒々《そうぞう》しい音と共に扉《とびら》から人が入ってきた。

「やあ！　総士君！」

「薮坂かよ。なにしに来た」

こいつ俺にはしばらく会いにくるなとか言ってなかったか。

「お掃除を、見に！」

薮坂は語尾《ごび》にハートマークでもついてそうな邪悪《じゃあく》な声で言ってウフフと笑い西園寺さんをジロジロ見る。

「来たなら手伝ってくれよ」

「お掃除を、見に」

今度は「見に」を強調するよう力強く言う。

「なんかキモい。帰れ」

「なんだよ総士君、友達じゃないかよ！」

西園寺さんがちらりとこちらを見た。

「あ、あ、ボク、佐倉君のお友達の薮坂透《とおる》っていいます」

藪坂の張り切った挨拶《あいさつ》に、西園寺さんは抑揚《よくよう》なく「はぁ」と答えた。

藪坂……身の程知らずにもほどがあるぞ。しかし果敢《かかん》だ。無謀《むぼう》とも言う。

しかし、結局藪坂はそれ以上彼女に話しかけたりはしなかった。できなかったとも言える。思ったよりヘタレだった。彼女のほうも、それでなくても話しかけづらい雰囲気なのに、今日は特に不機嫌な感じで、人を寄せ付けなかった。よほどの猛者《もさ》でないとここには切り込めなそうだ。

藪坂はしばらくウロウロしていたけれど、やがて「失礼しました」と言ってスゴスゴ帰っていった。見事な撃沈《げきちん》ぷりだった。

なんとか掃除を終わらせた頃《ころ》、校長が戻ってきて額縁や棚の上を小姑《こじゅうと》のようにチェックして笑顔で「うんぬ！」と頷《うなず》く。少し遅《おく》れて増田先生が紙コップとペットボトルのお茶を手に「おつかれさん」と戻ってきた。

先生がふたりいたので、西園寺さんは少しためらうような仕草のあと、応接セットのソファの俺の隣《となり》に腰掛《こしか》けた。かなりスペースをあけていた。彼女は結局、掃除中もひとことも口をきこうとしなかった。嫌《いや》なんだろうな……俺が。

なんでかわからないけれど俺は西園寺さんに、確実に嫌われている。

俺のほうも気を使って限界まで反対端《はし》に寄る。

追加でまた睨まれた。おお……これ以上は離《はな》れて座れないというのに。

校長が約束通りお茶菓子の箱を出してきたのでそれを開封《かいふう》した。

お菓子は饅頭《まんじゅう》だった。

西園寺さんは普段《ふだん》ケーキしか食べないって藁子《わらこ》ちゃんが言っていたけれど、こんな野暮《やぼ》ったい和菓子など食うんだろうかと見ていると、小さな口に菓子が入っていくのが見えた。

「美味《おい》しい……」

西園寺さんが少しだけその表情を柔《やわ》らかく崩《くず》して呟《つぶや》く。その声にわずかな既視《きし》感を覚える。既視感というか、聞き覚えだけれど。ほんわかした気持ちになるその声は、当然のように可愛かったので、芸能人の誰かにでも似ているのかもしれない。

ちらりと見ると、西園寺さんの口の端《はし》に、饅頭の餡《あん》のかけらがついていた。

壮絶《そうぜつ》に不似合いな装飾《そうしょく》に、教えてあげたいと思うけれど、なかなか勇気が出ない。

「ゆりあちゃん、口元、ちゅいてるよ」

馴《な》れ馴《な》れしく下の名前を呼びそれを指摘《してき》したのは校長だった。

彼女が照れたようにほんの少し笑って口元を指先で拭《ぬぐ》った。

その顔が恐《おそ》ろしいまでに無邪気《むじゃき》で、可愛過ぎて、目を見開いて凝視《ぎょうし》してしまう。

西園寺さんが〝氷の姫《ひめ》〟と呼ばれている理由のひとつに、彼女は笑わないという伝説があった。笑っているところを見たやつはいないとかなんとか。この人、この程度のことで笑うのか。校長すごい。もしかしてものすごいモテる人かもしれん。

驚愕《きょうがく》と共に見惚《みと》れていると視線に気づいた彼女が怒《おこ》ったように睨んできて、俺はまた視線と意識をあらぬほうに飛ばした。

俺は小さい頃に行った海で見た、カニのことを考え続けた。

◇ヒリア

ネクラ君に、また会いたい。

暇《ひま》を見つけてたまに第二図書室に行っていたけれど、彼はいなかった。

わたしのほうも先生の用事、次の授業の準備などで毎時間は行けない。

この間は近くの廊下《ろうか》に佐倉総士がウロウロしていたので入れなかった。

口惜《くちお》しい。休み時間ごとに、今いるかもしれないのに、と考えて過ごしていた。

通りすがりの教室の中を覗《のぞ》き込みながら、ひとりで座っている男子を眺《なが》め、あの子かも、と想像をめぐらす。だけどすぐに友達が話しかけたりしていて違うとわかる。

別学年だろうか。去年いたのだから一年生のはずはない。同じ学年か、三年生。探してみようかな。

こちらの姿は見られずに、確認したいなんて、ちょっとずるい気もする。だけどやっぱり、見られるのは怖《こわ》い。向こうのことは気になる。

しかしわたしはクラスメイトの顔と名前すらきちんと全員覚えているか怪《あや》しい。関わりがないからなかなか覚えないのだ。どうあっても見つけられる気はしなかった。

第二図書室から戻ってくると、教室近くの廊下でいつも通り佐倉君が女子に囲まれていた。今日はまた一段と輪がでかい。

ここを通り過ぎないとクラスに戻れない。

佐倉君は相変わらず女子に囲まれても平然と対応している。

見てると「うん」とか「そうだね」とかあたりさわりのない返答しかしていない。なにか聞かれてもそのほとんどを冷静な瞳《ひとみ》で撥《は》ね除《の》けている。それでもわたしに対する時よりは普通に受け答えしているように見えるのでやっぱりわたしのことは嫌いなんだろう。

これだけ女の子にモテるのに、男の仲良しもいるみたいだった。色々な物を持ち合わせている彼がなんだか憎《にく》らしくもなる。

目の前を早足で通り過ぎようとした時、教室の後ろの扉からボールのようなものがまっすぐわたしの顔に向かってびゅんと飛んできた。

突然《とつぜん》のことに反射神経が追いつかず、ぎゅっと目をつぶる。

ボールはいつまで経《た》ってもわたしの顔面にはこなかった。

固くつぶっていた目を開けると、佐倉君の息を呑《の》むような端整《たんせい》な顔が目の前にあった。

視線を逸《そ》らすとそこに手があって小さなゴムボールをキャッチしている。

話しながら、飛んできたボールからわたしを守った彼に周りがきゃあとかほうとか大興奮の悲鳴をあげた。

教室の中から男子生徒が慌《あわ》てた様子で出てきた。

佐倉君の周りにいた女子のひとり、山崎《やまざき》さんがその人に向かって言う。

「高山《たかやま》！　教室でボール遊びしないでよ！　西園寺さんの顔にあたるとこだったんだよ！」

「っ、さっ、西園寺さんのお顔にいー⁉　ヒエエエエエ！　大丈夫《だいじょうぶ》でありましたでございましょうか⁉」

真っ青になった高山君に大げさにペコペコと謝られる。

「まあ、佐倉君がとってくれたからね！」

女子生徒が皆《みんな》で「ねー」「かっこよかったよねー」とまたきゃあきゃあ騒《さわ》ぎだす。

高山君は佐倉君からボールを受け取ってあからさまにほっと胸をなでおろした。

わたしは場の空気についていけず、そそくさと自分の机に戻った。

席に座って気づく。よく考えたら一応助けてもらったのにお礼も言ってない。

でもあの集団の中に戻る勇気はなかった。佐倉君とお近づきになりたいのでは、とか誤解されたら嫌だし。でもそれってどうなんだろう。佐倉君が取ってくれなかったら顔面直撃《ちょくげき》だったのに。もやもやと考える。

放課後、急いで第二図書室に行ってしばらくぼんやりとしていた。ネクラ君はやっぱり来ていなかった。忙《いそが》しいのかな。

もう今日は来なそうだ。五分ほど待って扉を出た。帰ろう。

教室に戻る途中《とちゅう》、どこか急ぎ足の佐倉君が正面から来た。

休み時間のことを思い出して声をかけようか迷う。結局お礼を言ってなかったから。ずいぶん急いでいるようだから、今度にしたほうがいいかな。いやでも、日が経つとなんの話だかわからなくなる。

そうこうしているうちにすれ違いそうになる。

まだ決心がつかないまま、とっさに腕《うで》をつかんでしまった。

「……っ、なに」

佐倉君は相変わらず美しいが無愛想な顔で、わたしの目は見ないけれど、立ち止まって返事はしてくれた。

「あの……」

おそらく急いでいるんだから、さっさとすまそう。それでなくてもこの人わたしのこときっと苦手なんだから。時間をとらせちゃまずい。

そう思うのに、なかなか言葉が出ない。うつむいて無駄《むだ》にモジモジしてしまう。

顔を上げるとぼんやりこちらを見ていた佐倉君と、初めて目が合った。

びっくりして息を呑んで小さく飛びのくと、向こうも小さく目を見開いて、同じくらい小さく背後に避《よ》けた。

は、と息を吐《は》く。なんか廊下、暑い。

「今日、ありがとう」

ほんの小さな声だったけれど、なんとか言えた。

そのまま急ぎ足で逃《に》げるように昇降口《しょうこう》に向かう。緊張《きんちょう》した。

やっぱあの人苦手。でも言えた！　わたしは足取り軽く校舎を出た。

ネクラ君に会いたかったな。結局今日も会えなかった。

会えていないといってもまだ二日くらいだったけれど、せっかく友達になったのに、やはりこの状況《じょうきょう》は不自由すぎる。なんとかしなければ。

なにか、もっと会うための方法を考えなければ。

◆ネクラ

第二図書室にぜんぜん行けてない。

たまに今だ、と出ようとすると女の子に話しかけられたりして、俺はウンウンソウダネマシーンとなって頷いていた。

ひりあちゃんに、会いたい。くだらない話をしたい。モンスターごっこもしたい。

その日も休み時間のチャイムと共に女の子に囲まれて、でくのぼうをやっていた。

「佐倉君、増田先生が呼んでたよ」

ぱっと顔をあげる。やった。持つべきものは毛深い担任だ。解放されて急いで職員室へ行くと、先生が自分の頭頂部をこちらに向けて指を指した。ため息混じりにこぼす。

「なぁ、ここ、見てくれよ」

「はい」

「な?」

「なにがですか」

「白髪《しらが》! 前はこんなになかったんだよ! なぁ、どうしたらいいと思う? おまえんちの父ちゃんどうだ?」

白髪は、抜《ぬ》くか染めろと言って職員室を出た。なんなんだあの担任は。毛深すぎるし自由すぎる。

はっとなる。まだ時間はある。第二図書室だ。

教室からは割と離れているそこに走っていって扉《とびら》を開けてそっとしめる。いるだろうか。

はたして「ネクラ君？」という小さな声が奥から聞こえた。

「久しぶりだね」

言ってから、いや、三日くらいしか経ってないのにおかしかったろうか、と思っていると向こうから「久しぶりだよ！」と元気よく聞こえてきた。声を聞くとホンワカする。

「わー、なんか、にやにやしちゃう！　久しぶり久しぶりー！」

そんなことを言われて俺のほうがよほど頰《ほお》の筋肉を弛緩《しかん》させている自信がある。

「ネクラ君は、やっぱりクラスで友達できない？」

「うーん、できないどころか、女子のひとりに嫌《きら》われたりして……」

「え、なにそれ！」

「隣《となり》に座るのを嫌《いや》がられたり……」

校長室で西園寺さんに避けられたことをほわんと思い出して言う。

一体自分がなにをしたのかわからないけれど、ああいう天上人にはきっと俺のヤバヤバしい内面がわかってしまうのかもしれない。なにもかも見透《みす》かされてそうな瞳が怖い。

本当に、こんな俺と普通に話してくれるのも、こんな俺が普通に話せるのも、ひりあちゃんだけだ。

「え、隣の席の子に？　それはほんとひどいね……」

隣の席の、ではなかったが、特に訂正《ていせい》しなかった。説明しようとすると細かな話になる。

「でも、それまではそんなことなかったから、俺がなにかしたのかも」

「そんなことないよ！　それは相手が性悪《しょうわる》女なんだよ」

一生懸命《いっしょうけんめい》な口調に、色々思い返して苦笑いしてしまう。

「別にいじめられて避けられてるとかじゃないんだけど、やっぱり女子は苦手……はは」

「そっかあ」

「あ、ひりあちゃんは話しやすいし、苦手とかじゃないよ！」

どんどん話しやすくなっている。

しかし、話しやすいのは顔を合わせていないのもある。名前を知られてないのもいい。俺だと思われていないから自意識が気楽だ。この時点で俺は顔を合わせ名を名乗る気はまだゼロだった。そのくせもっと会いたいと思っている。

「……わたしが同じクラスだったらよかったのにね」

なんて嬉《うれ》しいことを言うんだこの子は。胸がきゅんきゅんする。

「そうだね。そしたら楽しいね」

そう言うと本棚《ほんだな》の向こうでうふふと嬉しげな声で笑う。そして笑っているうちに面白《おもしろ》くなったのか、さらにくすくす笑う。かなりの笑い上戸《じょうご》。ひりあちゃんほんと可愛い。好きになりそう。ならないようにがんばるけど、今にもなりそう。俺、キモい。

「あのさ、ネクラ君」

ひとしきり笑ったあと、妙《みょう》にかしこまった口調で彼女が言う。

「これ、なんだけど」

本棚の上から丸めたメモ用紙が投げ込まれた。

ぱしんと片手でキャッチして開くと、謎《なぞ》の、あまり可愛くない、リアルなゴリラが親指を立ててる写真がプリントされたメモに、手書きのアルファベットが並んでいた。

「あの……わたしの……連絡先《れんらくさき》」

「え、ええっ！」

「いやあの、メール、メールだけ！　なかなか会えないし、タイミングによっては鉢合《はちあ》わせたりするかもだし……どちらかが奥に入った時に、話したい時に、いるよってだけ言えたら色々危険も減るかなって」

見るとnattodaisuki_gyudon_love@……と確かにメールアドレスだった。

名前もわからない。納豆と牛丼《ぎゅうどん》が大好きなことしかわからない。

「な、なるほど！」

見えもしないのに深く頷《うなず》いた。というか、顔も見せたくないし、名前も名乗りたくない
という互《たが》いの意思をなんとなく汲《く》んだ上で安全のために連絡先を交換《こうかん》しようとしてくれて
いる。なんて優しいんだ。優しいし可愛いし天才すぎる。

幸い俺のアドレスも、namahage0923だから名前はわからない。

誕生日が入っているけれど、そんなものではまずわからないだろう。あまり詳《くわ》しくはな
いけれど、他のメッセージアプリと比べても匿名《とくめい》性が高い気もする。

ポケットからスマホを出した。アドレスをうちこみ空で送る。

女の子と、連絡先を交換するなんて初めてだ。ドキドキする……。

「あ、きたよ」

「うん」

「なんでなまはげ……？」

「い、意味はない……」

ぷっとふきだす声が聞こえた。続いてくすくす笑う可愛い声も。

ひりあちゃんは俺の寒々しい言動をいつも笑ってくれる。可愛い声で笑ってくれる。

俺はそれだけで幸せな気持ちになる。

「ネクラ君は、休みの日はなにしてるの？」

「俺はだいたいバイトしてるかな」

「アルバイト？」

「うちの学校比較的《ひかく》裕福《ゆうふく》なやつ多いけど、俺は親に無理言ってここ来たから、学費の足しにしてもらうためにバイトしてる」

「へぇぇ。えらいね」

「えらくはないよ。俺のうちの近くはちょっとガラの悪い学校が多くて……家からなんとか通える距離《きょり》でちょうどいい学力のところ探したらここになった」

「そしたら、休みぜんぜんないの？」

「いや、バイトは長い休みの時メインだから、普段《ふだん》はもちろんあるよ」

休みの話なんてするからついそう言ってしまった。

暇《ひま》ですよアピール。ひりあちゃんと遊びにいけたら楽しいだろうなあ。

なんとかして顔も名前も知られずに一緒《いっしょ》に遊べないものか。

またよ。ふたりとも忍者《にんじゃ》のコスプレして会えば……。

ひりあちゃんの声でくだらぬ思考から引き戻《もど》される。

「あのね、学校が楽しくなくても、休みの日とかに冒険《ぼうけん》すると結構気晴らしになるよ」

「冒険て、なにするの？」

「わたし春休みにね、いつもと違《ちが》う駅で降りたんだけど、色々あって楽しかった」

「え、どこ」

聞くと馴染《なじ》みの駅だった。

「そこ俺の家の……」

そこまで言ったところで予鈴《よれい》が鳴った。休み時間は話をするには、あまりに短い。

俺は帰ったらひりあちゃん直筆のアドレスメモを眺《なが》めてニヤニヤするはてしなくキモい
予定を脳内で決めて、挨拶《あいさつ》をして先にそこを出た。

廊下《ろうか》を歩いている時に気づく。

もうこれは色々手遅《ておく》れだ。

完全に好きになってしまっている。

メールができるようになりました

◇ヒリア

ネクラ君と連絡先《れんらく》を交換《こうかん》したけれど、それでもあまり会えなかった。

話し合いの結果、会う時は何分か時間をズラして入ることにしたので、その時点で通常の休み時間はまず使えなくなった。短すぎる。

そうなると会えるのは、お昼休みか放課後だけ。

休み時間にこっそりメールすると、来られない時はすぐには返事がないか『ごめん、行けそうにない』と返ってくるので無駄《むだ》がなくなった。

無駄はないが、意外とタイミングが合わない。わたしは一年の時に結構第二図書室に行っていたけれど、三月のあの時期まで彼と鉢合《はちあ》わすことはなかったから、彼のほうはそこまで頻繁《ひんぱん》には来ていなかったのだろう。

せっかく友達になれたのに。

友達なのに。寂《さび》しい。

それでも簡素な連絡だけでもとれて嬉《うれ》しいのだから、わたしもだいぶおめでたい。

夜に自室で寝転《ねころ》がってりゅんりゅんとスマホの画面でぽちぽちと会話する。

例の男子とメールを交換したと言うと、興奮したような反応が返ってきて、その後電話がかかってきた。

「さいちゅん、ついに顔見たの？　どんな人だった？」

「いやあ、顔は合わせてないんだけど……」

「むしろ、顔合わせずにメールだけ交換したの？」

「顔も合わせずに簡単に交換できるからメールにしたんだよ」

「今時メールねえ……せめてLINEにすればいいのに。どんな話してるの？」

「え、待ち合わせに使ってるだけだよ」

「なんでー！　なんか送りなよ！」

「そ、そういう用途《ようと》では……使うつもりじゃなかったから……よくないんじゃ」

「なんで……友達なんでしょ？　ふつうふつう！」

「う、うん……」

「じゃあ送りなよ！」

「お、送ってみる！」

メール、意味のないメール、送ってみよう。

わたしは普段《ふだん》からメールの類《たぐい》には絵文字顔文字スタンプあらゆる装飾《そうしょく》を使いまくるほうで、彼との簡単な連絡もそれでやっていた。対する彼は簡素で、文字のみであった。

ほかの男子とメールをしたことがないから普通なのかはわからない。

ちょっと時間をかけて文面を考える。

「今、なにしてる？」とかそういうのを気軽に聞くような関係じゃない。まだそんなに仲良くはない。

彼個人の嗜好《しこう》であるとか、そういう、次に会った時に話題にできそうなものがいい。

たとえば「わたしは今納豆食べたんだけど、ネクラ君の好きな食べ物は？」とか。

いや、もうちょっと長く、でも長すぎず、返事がなくても大丈夫《だいじょうぶ》な感じの。

ああ、なんかラブレターみたい。

『ネクラ君、最近あまり会えなくて残念です。またたくさんおしゃべりしたいなって思ってます。わたしの好きな食べ物は納豆と牛丼だよ。ネクラ君も好きだと嬉しいな』

実に頭の悪い文面ができあがった。文字だと一部敬語にしてしまうのはなぜだろう。

もう少しなにか……と思って『いつか、ちゃんと会えたら』と書いて、消した。

そんなプレッシャーを与《あた》えてはいけない。向こうはわたしよりも、もっと顔を隠《かく》したがっているふしがある。会おうとしたら、友達じゃなくなるかも。

会ったとしても、友達じゃなくなるかも。怖《こわ》い。

震《ふる》える親指で、送信ボタンを押した。

しかし、一時間ほど待っても返事はなかった。

今までこんなことはなかった。いつも、彼が来られない時も、メールの返事は返してもらえた。会えなくても行けなかった謝罪のようなものは毎回かかさずくれていた。

やっぱり、待ち合わせ以外に使わなければよかった。

わたしはスマホを傍《かたわ》らに置いたまま、眠《ねむ》ってしまい、朝になって見たけれど、やっぱり返事はなかった。

あ、失敗したかも。

これじゃ、今日の待ち合わせ連絡も、しにくくなってしまった。せっかくできた友達だったけれど、こんなに脆《もろ》い関係だったんだな。

ちょっと落ち込んだ。休み時間、いないのもわかっているのに第二図書室に入って、はあとため息を吐《つ》いて、スマホを見つめ、連絡もできずにすぐに教室に戻《もど》る。

教室で増田《ますだ》先生が佐倉《さくら》君と話していた。

「佐倉、頼《たの》んでおいた熊《くま》、進んでるか？」

「途中《とちゅう》までやりましたけど、なんで俺が……先生がやったほうがよくないですか」

「学級委員とは、そういうものなんだ」

「よそのクラスはそんな感じじゃないんですけど……」

あ、なにか学級委員の仕事があったようだ。

学級委員の仕事といっても、ほとんどは増田先生の個人的な雑用でしかないけれど。

「先生、なにか仕事ありましたか」

声をかけると先生が変なものでも口に入れたような顔をして、一瞬《いっしゅん》黙《だま》った。

「西園寺《さいおんじ》は忙《いそが》しいだろうから、いいぞ」

「いえ、暇ですし、やります。熊ってなんですか」

増田先生と佐倉君が顔を見合わせた。

その後の休み時間は佐倉君と一緒《いっしょ》に、増田先生の姪《めい》っ子の誕生日プレゼントのカードと、熊さんのぬいぐるみを作った。

ネクラ君、メール嫌《いや》だったかな。困らせてしまったかも。

＊

夜になって、ネクラ君からお返事がきた。

しかし返ってきたメールは今までとだいぶ様相が違《ちが》っていて、大量の顔文字と絵文字、謎《なぞ》の記号まで使われて書かれていた。

ツッコミどころは無数にあった。

なんで。なんでこんなところに意味もなくケーキの絵文字が入っているんだろう。「忙しくて」と「なかなか行けない」の間にバイキンの絵文字と謎のお姉さんの絵文字もある。

s(目＊目)–6

この顔文字は、もしかして自作だろうか。この顔はどんな感情を表しているんだろうか。

こんなの見たことない。見たことない感じにいびつ。

人類が滅《ほろ》びた数千年後。地球を訪れた宇宙人が荒《あ》れた地を動き回る金属を発見する。それは最後のロボットで、誰《だれ》もいなくなった大地で、いまだ孤独《こどく》に地面を整備し続けていた。

という、その時のロボットにしか見えない。

しばらく眺めて笑った。笑いころげた。

これを見てはっきり気づいた。

ネクラ君はわたしに悪い感情を持ってはいない。迷惑《めいわく》とかも一切思ってない。わかったのだ。

彼はモテないのだ。

メールがもうすでにモテなかった。

さほど男子と関わりなく生きてきたわたしにもわかる。これは、モテない男子。すごく、モテない男子。女の子とメールなんてしたことないかなり年配のおじいさんがすごく気を使ってがんばって寄せてきてる感じと変わらない。

きっと時間をかけてしたためられた、ものすごくズレたメールだった。

けれど、そのことは逆にわたしを安心させた。

高校に入学してから、たまにわたしに声をかけてくる男子って、ぜんぜん面識がないのに妙《みょう》に馴《な》れ馴《な》れしいのはまだいいほうで、突然壁《とつぜんかべ》ドンしてきたり、頭をポンポンしてきたり、そんなのが多く、はっきり言って怖かった。

彼らは皆《みな》一様に女慣れした感じで、自信にあふれていて、どこか自分に酔《よ》ったような感じだった。流行《はや》りの髪型《かみがた》、作ったような喋《しゃべ》り方。そういう風に自分をプロデュースしている。おそらくモテるんだろう。だからあんなに強引《ごういん》で自信満々なのだ。

しかし過度な強引さはモラハラと近く、気障《きざ》な口説《くど》き文句は温度差があると寒々しくしか聞こえない。よもや自分が女子から好かれないなんて有り得ないと思っているので、拒《きょ》絶《ぜつ》するとキレてくる。さらに傷つけられたプライドを回復させるため、わたしを貶《おとし》めようとしてくる輩《やから》も少数いた。

わたしはアレ系の、いわゆるモテる男子が本当に苦手だった。

彼等は笑い声がやたらと大きくて、自己主張が激しい。地味な男子をいじって笑いにしようとしたりする。そんなの面白《おもしろ》くもなんともない。

ネクラ君はそういう人達とは違う。すっごくモテない普通の男子。

このメールを見ればわかる。

絵文字の使い方がおかしくて、ところどころこちらを馬鹿《ばか》にしてるような表現になってしまっていても、きっとそんな意図《いと》はない。これはモテないから。

ぜんぜん腹が立たない。むしろ愛しい。

なにこの人。

胸がきゅんきゅんするのを感じた。

わたし、ネクラ君のこと好きかもしれない。

忙しくてなかな
行けないs(目＊目)
ごめんなさい
本当は行きたい
っているんだ
この前は、人
なかなかど
だよ(S

◆ネクラ

「藪坂《やぶさか》！　てめえ！」

「お、おはよう。どうした？」

「どうしてくれるんだよ！　お前のせいで笑われたじゃないか！」

ひりあちゃんから待ち合わせ連絡《れんらく》以外のメールを受け取った俺は、恥《はじ》を忍《しの》んで藪坂に一から事情を話して相談した。こいつはこんなんでも、一丁前に彼女がいたことがある。一週間で振《ふ》られていたが、俺からすると一週間も彼女がいたなんて恋愛《れんあい》マスターだ。

「え、なんで。ちょっと向こうに合わせて、こっちも感じ悪くならない程度に絵文字とか入れろって言っただけだろ」

「入れたよ……大失敗の感触《かんしょく》だよ……二時間ほど笑いころげていたらしい」

「ちょっと見せてみろよ」

「えー、嫌《いや》だな。なんで好きな子とのやりとりをお前なんかに見せなきゃならんのだ」

「文章は脳内に入れないから、見せろ。見なきゃなんも言えん」

しぶしぶ表示させて見せると藪坂は「うわあ」と声をあげた。

「これ、入れすぎだよ。控《ひか》えめに言って、宇宙からのメッセージだな」

「使いすぎたかな？　多いほうが……賑《にぎ》やかでいいと思って」

「目がチカチカする……文字のほうが少ないじゃねえか。読みにくい。イカ釣《つ》りの船を思い出すぜ」

俺はそもそもスマホを持ったのも高校からだったし、せっかく買ってもらったのに、ろくに使っていなかった。

今まで女子と連絡先を交換《こうかん》したこともなかったし、薮坂や小学校時代のごく少数の悪友達か家族くらいしか連絡したことがなかった。その連絡も最近ではほとんど電話ですませていたし、文字での連絡はしても必要最低限。簡素なものだった。

だから以前からひりあちゃんが送ってくる待ち合わせメールにたまについている記号や小さい顔のイラストや、マークなども初めて見た。出し方がまずわからなかった。

「なぁ、なんでお前ここにトランクスの絵文字入れたの？　その横に∞が置いてあるのに意味はあるのか？　パンツは無限大なのか？」

「え、装飾だし、なんかクリスマスの飾《かざ》り的な感じで縁取《ふちど》った」

「パンツで縁取るなよ！」

「わかった……なるべくパンツでは縁取らない」

薮坂は俺の恥《は》ずかしいメールをさらに見てまた吹《ふ》き出した。

「なあ、総士《そうし》、これ自分で入力したのか？」

「え、どれ」

「この、　(＄唇€)」

「うん、顔っぽく……作った。なんか向こうも似たの書いてるし……片目瞑《つぶ》ってるみたいに見えるだろ」

「孫に合わそうとがんばるじいちゃんかよ！　総士、これは……こんな猟奇《りょうき》的なものを作らなくてもあるんだよ」

「え、できあいのものが？」

「お惣菜《そうざい》みたいに言うな！」

「はァ」

「ほかにも、これ！　この包丁の絵文字なんでここに入ってる？」

「なんでって……そもそも全部飾りだろ」

「絵文字には意味があんだよ！　包丁の隣《となり》に老人の絵文字配置しちゃ駄目《だめ》だよ！」

「え、意味があんの？」

なんだそれ。文字の間が無意味に装飾《そうしょく》されていると思っていた記号や絵に、意味があった？　それは新しい言語じゃないのか。

それなら俺は今までメールの全文を読み解けていなかったことになるぞ。ゾッとした。遺跡《いせき》調査員の気持ちで冷静に見直してみれば、その言語を読み解くのはわりと簡単だった。

ひりあちゃんのメール『会えなくて残念』の隣にあるのは泣いてる顔。

おそらく、この小さなイラストは文字の代わりや補助を担《にな》っている。

俺は『ごめん』の隣にニヤついたヨダレの出てる顔をたくさん連続で配置してしまった。

これは、馬鹿《ばか》にしていると思われてもおかしくない。

思い込みとは恐《おそ》ろしい。可愛いひりあちゃんが使う可愛い飾りと最初に思ったせいで、なんでだか簡単なことに目がいかなかった。

「これ見てドン引きせずに笑われただけですんだならよかったなー」

薮坂がどこか不満そうに言う。

「そ、そういう子じゃないから」と震《ふる》え声で言うと勢い込んでまくし立ててくる。

「お前は！　顔しか！　モテる要素がないのだから！　大人しく顔で彼女作って幻滅《げんめつ》されちまえばいいんだよ！　それがなんだ！　メールでちまちま顔も知らない女子と恋愛だ

あ？　ユーッ、ガットメールかよ！　ライアンはこねえぞ！　来ても王宮戦士の方だ」

「お前、ときどき俺にわからないネタをまぜてくるよな」

藪坂はゲームや映画や漫画《まんが》をたくさん買い与《あた》えられていて、遠慮《えんりょ》なくネタを混ぜてくる。

彼はケッと言って偉《えら》そうに腕を組んだ。

「どーせバケモノみたいな顔の女だよ」

「俺はどんな容姿でも愛せる。本当に……本当に可愛いんだよ」

「姿を見た時本当にそう言えるかな？」

「言える」

「……探してみようぜ」

「え、それはマナー違反《いはん》じゃないのかな」

「お前だって本当は気になるだろ。ヒントよこせよ」

「ヒントは、ほぼないな。クラス替《が》えがあったと言っていたから、二年生だと思う」

「なんかあるだろ……声は？　どんな感じ？」

「ものすごく可愛いな」

「感想じゃなくてヒントをよこせ！」

「そうだな……すごく似てる声を知ってる気がするから、女優とか声優の誰《だれ》かに似てる可能性はある」

「誰だ？　誰だ？」

「うーん……今思い出せない」

藪坂がオイオーイと大げさなジェスチャーで落胆《らくたん》を伝えてくる。

「じゃあ声以外！　アドレスとかは？」

「名前の類は入ってない」

話していてもまったく特定できる感じではなかった。

同じ学校で性別が女。それだけで校内からひとりを探すのは無理がある。

「あ、牛丼《ぎゅうどん》と納豆が好きみたいだ」

「なんかだいぶ太ましい女浮《う》かんだぞ」

「可能性はあるな……」

「太っていて、友達のいない女ならそうたくさんはいなそうだ。がんばれば探せそうだな
……総士、お前のクラスは？」

「うちのクラスにはいないな」

そもそもが、実際話した印象からも、ひりあちゃんぽい子はうちのクラスにはいない。

いればさすがに気づくだろう。

黙《だま》って考えていた薮坂がどこか苦い顔で言う。

「オレのクラスにはすごい重量感の女いる……」

「えっ、そうなのか？」

「いや……でも、友達はいなくはないし……言葉使いはきたねえし……すげえ性格してんだよ」

「そうなのか……でも、もしかしたら……」

「オレ、そいつにピーナッツバターを顔に塗《ぬ》られたことあんだよ……そのあと鼻にピスタチオを詰《つ》められた……本当にそいつの可能性あるのか？」

「その子はともかく……いったいお前はなにをしたんだよ」

ひりあちゃんは、そこまで武闘《ぶとう》派な感じはしない。たぶん違うだろう。

「念のため見る？」

「お、おお」

薮坂のクラスに見にいくと、巨体《きょたい》の女子生徒が小柄《こがら》な男子生徒を乗せた椅子《いす》を高々と持ち上げていた。周りの生徒達が「ほおぉー」と感心した声をあげている。

「違うな」

「本当に？」

「うん。彼女はあんな堂々としたエンターテイナーじゃない。それに、あの子友達いっぱいじゃないか」

「じゃあ隣のクラスにもぽっちゃりした子、確かひとりいるぜ」

「ううん……」

そもそも牛丼イコール肥満という考えが安直だし、根拠《こんきょ》が希薄《きはく》すぎる感じがしてきた。

「やっぱりいい。隠《かく》れて探すとか、気がとがめる」

「そうか？　でも気になるだろ」

「そりゃ、なるけど……」

そうこうしてると教室から先ほどのひりあちゃん候補の子が友達と一緒《いっしょ》に出てきた。

違《ちが》うだろうな、とは思ったけれどついじっと見てしまう。

目の前を通った元ひりあちゃん候補の子が、激しく笑った拍子《ひょうし》に隣の子とぶつかってバランスを崩《くず》してよろめく。俺の胸に衝突《しょうとつ》して「ぎゃっ」と声をあげた。

ぱっと見ると俺の制服のボタンに、その子の髪《かみ》が絡《から》まって、引っかかっていた。

向こうもびっくりしただろうが、こっちも慌《あわ》てた。彼女が離《はな》れようと、強引《ごういん》にバタバタと暴れるようにもがいたからだ。

「動かないで」

そう言うとその子がぴたりと動きを止めた。

ボタンから髪をほどこうとしたけれど、くせ毛なのか、なかなかとれない。

困った。どうしよう。

焦《あせ》った俺は自分の制服のボタンをぶちんとちぎり取った。

周りから悲鳴のような声があがる。

え、なんか悪いことしたかな。

「女の子の髪を切るわけにいかない」

言い訳のように口に出すと、目の前の彼女もこくこくと頷《うなず》いてくれた。

「あ、ありがとう……佐倉君」

じっくりと真剣《しんけん》に声を聞いて確認する。やっぱり違う。この子はひりあちゃんではない。

「薮坂、行こう。一応隣も見たい」

声をかけると啞然《あぜん》とした顔で見ていた薮坂が戻《もど》ってくる。

「お前、なにどさくさ紛《まぎ》れにマンモス落としてんだよ」

「え、誰？」

「さっきのやつのあだ名だよ……あいつ、あんな顔すんだなあ……」

結局、隣のクラスの子も友達に囲まれていて、明らかに違う感じだった。

しかし、そこらじゅうの多くの女子達が、ひりあちゃんの可能性がある。世界が愛《いと》しくなってくる。

教室に戻ろうとするとどこかへ行っていたらしい西園寺さんと扉《とびら》のところで鉢合《はちあ》わせた。

一瞬《いっしゅん》だけどちらも譲《ゆず》ろうとするが結局同時に中に入ろうとして、軽く密着する。

小さく「いたっ」と聞こえる。

見ると西園寺さんの長い髪の先が、俺の制服のボタンに絡《から》まっていた。

一個取れてるのに、別のやつに。なにこのボタン、女好きなのかよ。

あっけに取られていると西園寺さんは俺のボタンのすぐ手前の髪の毛の先ともう少し先を摑《つか》んで構え「えい」と小さな掛《か》け声と共に素早くぶちぶち、と髪をちぎった。

それから「ごめん」と小さく言って自分の席に戻っていった。

◇ヒリア

わたしは校舎裏でサングラスに黒いカラスマスクをした女子の集団に囲まれていた。

「私《わたくし》達は佐倉君を見守る会のものです。一年の時から彼を見守ってきました。西園寺さん、貴女《あなた》は彼と付き合っていますね」

とんでもない。ぶんぶんと首を横に振《ふ》る。

「貴女がこっそり彼と会っていることは確認済みです」

「は、ハぁ？」

「私達はこの緊急《きんきゅう》事態に話し合いました」

「話し合うって、なにをしたの？」

「おほん……おのおの彼への想《おも》いを整理し、述べ合いました。結果、彼個人とどうにかなりたいという種類の恋心《こいごころ》を持っている人は我々の中にはごく少数でした」

「え、そうなの？　なんで？」

わたしの素直な疑問に数人の声がいっせいに混じり合う。

「佐倉君は神聖なもの！　付き合いたいなどめっそうもない！」

「あたし佐倉君のファンだけど、できれば男子と付き合ってほしい！」

「私は顔が好きなだけ！　別の学校に彼氏いるし」

「私も、ほんとは山本《やまもと》君が好きだし」

複数の声がいっせいにまちまちなことを言って、中にはどうかと思うようなものもあった。共通見解としてはやっぱり見る専用というか、共有財産的な扱《あつか》いらしい。

リーダーの脇《わき》に控《ひか》えた小柄でぽっちゃりした会員が突然《とつぜん》大声で「しかーし！」と叫《さけ》び、

皆《みな》がぴたりと黙り込む。

リーダーがおごそかに頷き続ける。

「しかし、我々は、我々の中の誰が彼と付き合うのも、許せなかったのです。我々の掟《おきて》では、抜《ぬ》け駆《が》けは厳禁。プライベートへの介入《かいにゅう》はご法度《はっと》。彼本人の意思の場合を除き連絡《れんらく》先も聞いてはなりません」

「は、はい」

つまり、自分は付き合いたいほどではないけれど、周りの誰かが抜け駆けするのは許せないし、誰のものにもなってほしくないという。……わりと自分勝手だな。

「しかし、長い長い話し合いの結果。西園寺さん、貴女なら、皆許せるとの結論に達しました」

なんでだよ……。

「私達は貴女を認めます。貴女なら、佐倉君の隣《となり》に立つ女性としてふさわしい。なにより彼の幸せを邪魔《じゃま》だてするのは如何《いかが》なものかとの意見が複数出ました」

認めなくていいし、なにを言っているのかもよくわからない。

「それにあたり、ひとつ約束をしてほしいのです」

「な、なにを」

「まず四十九人の彼氏とは……」

リーダーの隣の子が彼女の肘《ひじ》をつつき、手帳を見ながら「五十人です」と訂正《ていせい》した。

「おほん。五十人の彼氏とは別れて、佐倉君とだけ真面目《まじめ》に付き合ってほしいのです」

こっそり会ってるとか、彼氏五十人とか、いったい誰の話だよ……。

「彼氏、いないし……」

「それは、すべて別れて佐倉君一筋になったと解釈《かいしゃく》しても……？」

いや、解釈違う。もともといない。ていうか、佐倉君とは仲良くもないし同じクラスの学級委員というだけなのに。向こうもわたしのこと苦手で、なるべく関わらないようにしているのに。

なんでこんなことに巻き込まれてるの。

色々口を挟《はさ》もうとするけれど、彼女達はヒソヒソ言いながら勝手に納得している。

「さきほども言ったように我々佐倉君を見守る会は貴女の味方です。しかし、話し合いの過程でそうではない少数の人達は分離《ぶんり》しました。新しく発足《ほっそく》された佐倉総士・愛・連合会は人数こそ少ないですが過激派もいます。彼女達は本気で彼を愛しています。くれぐれもお気をつけて」

そう言って去っていった。

割となにを言っているのかわからなかった。

呆然《ぼうぜん》としていると集団の去った方角から声が聞こえた。

「お前河合《かわい》か！　ぶははは！　なんだお前らそのマスクは！　悪の組織みたいだぞ！」

増田先生が爆笑《ばくしょう》する声が響《ひび》く。

どうやら見守る会のリーダーは同じクラスの河合さんだったらしい。だいぶそんな気はしていたけど。

その後、教室の少し手前でさっきの集団を見かけて慌てて駆け寄る。

「待って！　待って、河合さん」

「え、ちょっと、恥《は》ずかしいからこの格好の時に名前を呼ばないでください」

恥ずかしい自覚があるならやるなよ……。

「誤解があるようだけど、わたし、佐倉君のこと別に好きじゃないから」

「ええええええ!!」

「さッ、西園寺さん、佐倉君を好きじゃないのー!?」

「うっそだー！」

会員達がいっせいにどよめく。ほかの人まで集まってきた。ひそひそ声が聞こえる。そんなに驚《おどろ》くことだろうか。

「西園寺さんは佐倉君が好きじゃないらしい」

「むしろ苦手なのかな」

「嫌《きら》いらしい」

目の前で情報があからさまに歪《ゆが》んで伝播《でんぱ》していっている。

嫌いってわけじゃないんだけど、それを説明しようとすると今度は「やっぱり好きなんだ」と言われてまた面倒《めんどう》くさそうな予感がすごくしたので、黙《だま》っていた。

「あっ、佐倉君」

声が聞こえてそちらを見ると佐倉総士その人がいつも通りの落ち着いた顔で背筋まっすぐに歩行してこちらに向かってきていた。

あ、これはたぶん聞かれた。

よしんば聞かれてなくてもガッツリ誤解込みで、本人に伝わるのは時間の問題。

でも、弁解しにくい。今弁解すれば絶対こじれる。

嫌いというのは語弊《ごへい》があるが、彼のことを苦手なのは本当だった。

佐倉君がその静謐《せいひつ》で鋭《するど》い視線をわたしに一瞬だけ向けたけれど、すぐに何事もなかったかのように前を向いた。

そうそう。この人はいつもわたしなんて歯牙《しが》にもかけない、視界にも入れない。

もともとわたしのことなんてちょっと煙《けむ》たがるような態度をとっていた。

その後ボールの顔面直撃《ちょくげき》を防いでもらったり、学級委員の仕事を一緒にやったりして、それが悪意までいくようなものではないとわかったので少し申し訳ないけれど、わたしひとりに嫌われたからといって、周りにはたくさん女の子がいるし、そこまで気にしないだろう。

そうは思うけれど。実際逆の立場だったら少し落ち込むだろうとも思う。

なにもしてないのに、嫌われるとか、原因を考えたりしてしまうかもしれないし、少なくともわたしのほうは罪悪感で落ち込んだ。

間の悪いことにその日の放課後、学級委員の定例会があった。

佐倉君はいつも同じ場所に行く時も誘《さそ》い合わせたりせず、勝手に行く。そんな様子を見てもやっぱり友好的ではない。少なくともほかの委員会の子達はふたりで一緒《いっしょ》に行っている。

教室に入って、佐倉君の隣に座った。一度馴《な》れ馴《な》れしいかと思って少し離《はな》れたところに座ったら先生にクラスごとに座れと言われたことがあるからだ。

なんとなく、いつにも増して隣が見られない。

謝ったほうがいいかな。いや、直接なにか言ったわけでもないのに、それも変かな。

今親しげに話しかけたら、逆にしらじらしい感じもするよね。そんなことをずっと考えていたら、先生の話も全然頭に入ってこない。酷《ひど》いことをしたのはわたしのほうなのに、なんだか泣きたくなってしまって、ずっと涙《なみだ》をこらえていた。

気がついた時には定例会は終わっていた。

隣の佐倉君がガタンと席を立つ気配ではっとなる。

佐倉君はこちらを一度も見ずに、姿勢良く、いっそ急いでいるかのようにさっと教室を出た。

その背中を見送って、わたしは鼻をすん、とすすりあげた。

やっぱりもともと佐倉君のほうがわたしを嫌いなんじゃないかな。ぜんぜん気にしてない。

そう思うと少し楽になるような、だけどやっぱり悲しいような気もした。

だってそれって、わたしという人間なんて、いてもいなくても、どう思ってようが、まったく関係ないってことだから。

いてもいなくても一緒。

それは、とても悲しい。

落ち込んでいるところにスマホが震《ふる》えた。

この時間わたしに連絡してくる人はほかにいない。

急いで物陰《ものかげ》に隠《かく》れてポケットからスマホを取り出して見るとやっぱりネクラ君だった。

『今、第二図書室にいるけど、もう帰っちゃってるかな？』

ものすごい速さでスマホをタップした。

『すぐいか』

急ぎすぎて海の生き物が召喚《しょうかん》されたことにも気づかず、わたしは第二図書室へと走った。

わたしには、わたしのことを気にしてくれる友達がいる。

◆ネクラ

放課後、第二図書室の奥で足を伸《の》ばして待っていると、パタパタと走る音が近付いてきて、威勢のいいバン、という音がした。

「走ってきたの?」

「う、うん。だって、早く行かないと帰っちゃうかもと思って……」

はぁ、はぁ、と走ったあとの吐息《といき》混じりの声で言われて頭がぼうっとする。

吐息まで可愛いとか……いかん、あらぬほうに思考がいきそうだ。

「俺が呼んだのに帰ったりしないよ。ちゃんと待ってる」

俺は日が暮れても、夏休みが来ても、学校が廃校《はいこう》になっても、そのまま数千年の時間が経《た》ち、人類が滅亡《めつぼう》したとしても待っている。

「うん、でも、だって、早く……」

「落ち着いて、座って息を整えて」

西園寺さんになぜか嫌い宣言された時は少し落ち込んだけれど、仕方がない。

俺はもともと女子に囲まれているほうがおかしい人間だし。

でも、誰《だれ》に嫌われても、俺にはひりあちゃんがいる。だからそこまで落ち込まなかった。

俺には理解者がいる。可愛くて最高にいい子。たとえ本棚《ほんだな》の反対側にいるのが声の可愛い野生のカバやハシビロコウだったとしても俺は変わらず愛してしまうような気がする。

「マスト」

「えっと、トマト！」

「とうふ」

「うーん、ふんどし！」

ふわふわした思考の中会話をして、俺はひりあちゃんとしりとりをしていた。

「ひ、ひりあちゃん、ふんどしのこと知ってるの……」

「え、ネクラ君ふんどしと知り合いなの？」

「女の子は知らないと思って……」

「ネクラ君はブラジャーのこと知ってる？」

「なッ、ぶ……！　知り合いではないけど……一応名前だけ……ナマエだけだよ！」

「知ってるじゃん……。ネクラ君、女の子というものに対してイメージが偏《かたよ》ってるよ。そんなに周りに女の子いないの？」

「クラスにはいるから、なんとなく話を聞いたりはしてるけど……誰もふんどしのことなんて言わないから……」

「そ、それはそうかも、ごめん」

「いや、でも俺が偏ってるのは確かだと思うよ」

「ほかにはあるの？」

「え、」

「女の子が、男と違《ちが》うと思ってること」

「え、そんなには。……ゲロ吐《は》かないとかかな」

「いや吐くよ！　なにさらっととんでもないこと言ってるの」

「え、吐くの？」

「吐かないわけないじゃん。気持ち悪くなったらドバドバ吐くよ！　本気じゃないよね？」

「う、うん。よく考えたら同じヒト科のホモサピエンスなんだから、身体《からだ》の構造として、吐くほうが自然かもしれない……」

本気かと言われると、本当にそう思っていたわけでもない。漠然《ばくぜん》と、想像できなかったというか。なにか別の種族の生き物と思っていたというか。むしろ、吐いてほしくない、とかそっちに近い感情かもしれない。幻想《げんそう》を抱《いだ》いていた。

女子に指摘《してき》されると恥ずかしさもひとしおだ。

「でも、わたしも昔、男の人はパンツはいてないと思ってた」

「なんで？」

「ドラマとか映画で、立ったままチャック下ろしておしっこしてたから、なんとなく……」

ひりあちゃんがうふふと笑って言う。

可愛い。なにその可愛い勘違《かんちが》い。

ていうかひりあちゃんさっきからゲロとかブラジャーとかおしっことか、可愛い声でとんでもない単語たくさん言ってる。俺の周りの女子からは、一年以上周りで話しているのを聞いていても一度も出てきたことのない単語ばかりだ。女子はそういうことは言わないと思っていた。

でも、ぜんぜんガッカリとかしないし、むしろ得した気持ちでいっぱいだ。

「そうだ！　ネクラ君て……」

「え、」

「なんでもない」

「言ってみてよ」

「ううん……この質問はやめとく。その、わたし、もうちょっとネクラ君のこと、知りたいなって……思ったんだけど……困るよね……」

こ、困らないけど、困る。可愛すぎて、困る。

頭がカーっとなって、呼吸もできずにいると、本棚の向こうから慌《あわ》てた声がくる。

「ご、ごめん！　聞かない！　聞かないから……」

「え、」

「余計なこと聞かないから……これからも、こうやって友達として会ってくれる？」

思わず本棚とは反対の壁《かべ》に頭を強く打ち付けた。なぜそんなことをしたのか、とにかく落ち着くにはそうするしかなかったのだ。ガツ、と鈍《にぶ》い音がした。

「ネクラ君？　ネクラ君？」

本棚の向こうから立ち上がるような音と不安そうな声が聞こえる。慌てて口を開いた。

「あっ、ごめん！　ちょっと気を失いかけてた。俺、ひりあちゃんと話してて楽しいから、これからも会いたいし、知りたいことあれば、なんでも答えるよ」

向こうの気配がまた動いた。また座り込んだような気配。

ほうっと小さく息を吐く音もした。

なんでも答えると言ったけれど、結局とりたてて質問は来なかった。

代わりに聞こえてきたのは「もうすぐ夏休みだね」だった。

話題としてはだいぶ気が早い感じだけれど、なにかをごまかすためだったんだろうか。

「あ、そうか……でもまだだいぶあるよ」

「夏休みは嬉《うれ》しいけど、ネクラ君に会えないのは寂《さび》しいな……」

「ゞイッ？」

「だってわたし学校、ほとんどネクラ君に会いにきてるだけなところあるから！」

「ええっ！　俺のこの性格知った上でそんな風に言ってくれんの？」

「わたし、ネクラ君の性格大好きだよ」

「ゴっふォ！」

俺も。俺もすごい好き！　言えないけど！

顔が見えないこの状況《じょうきょう》での性格が好き。それはもう好きってことでいいかな？　駄目《だめ》かな⁉︎　どう思う？　藁子《わらこ》ちゃん！

藁子ちゃんはカサカサ揺《ゆ》れながら、相変わらずの平坦《へいたん》なイントネーションで『そーしくん、むちゃくちゃきもーい』と言ったので自分の中にいくばくかの落ち着きを取り戻《もど》した。

『向こうは、はっきり友達って言ってるじゃーん、そーしくんが異性ということを意識していないから、そういうことをバンバン言えるんだからねーわかる？　わかったらしねー！　キモいひとー！』

藁子ちゃんが俺を冷静にさせる。普段《ふだん》は『パフェたべるー』とかしか言わないくせに、俺の希望を打ち砕《くだ》くときだけ、らしからぬ論説を使い饒舌《じょうぜつ》に攻め立ててくる。

冷静に。冷静に。俺のほうも友達としての好意を意識せずに伝えればいい。

「お、俺も……ひィ……」

ひりあちゃんの性格好き。ていうか声も好きだし、なんかもう存在そのものが大好きなんだけど、女子にそんなこと言ったことないものだから、結局途中《とちゅう》で声がつかえて爺《じい》さんの悲鳴のようになった。しかし、充分《じゅうぶん》内容は伝わったようだった。

本棚の向こう側で彼女が身じろぎするような衣擦《きぬず》れの音が聞こえる。

「わぁぁ……嬉しい……」

可愛い……。

見えもしないのに、抱《かか》えた膝《ひざ》に顔を埋《うず》めて隠す。

そろそろ普通の友達になりたい気もする。

だけど、変に姿を隠してしまったせいで余計にそれをしづらくなってしまった。

しかも俺、悪目立ちしてるし。せっかく仲良くしてくれてるのに、素性《すじょう》が知れたらひりあちゃんみたいな子は萎縮《いしゅく》して同じように接してもらえなくなるかもしれない。

彼女はネクラではなく佐倉である俺のことを知っているのか。

知っていたとして、悪い印象はないか。そこもわからない。たくさん懸念《けねん》はある。

そしてお互《たが》いの感想がどうであろうとも、関係は確実に変わる。声だけの、どこか匿名《とくめい》性の高い状態の会話と、お互い姿を認識しての会話は、近いようでまったく違う。

それにまず、俺だけじゃなく彼女の意思もある。

ごくりと唾液《だえき》を嚥下《えんか》して、口を開く。

「ひりあちゃんは、俺の名前とか、顔とか……知りたい？」

その質問にはまず長い沈黙《ちんもく》が返ってきた。

「……知りたいけど……わたしのほうが、イメージと違って、ガッカリされちゃったりするの、怖《こわ》いから……いい」

「そ、そんなこと……！」

「それに……」

「え、」

「なんだか、恥《は》ずかしいから……まだ、いい」

ふしゅうっ、と息が漏《も》れた。自分の顔が、耳まで熱い。なんだこれ。なんだ。

◇ヒリア

佐倉君のことで少し落ち込んでいたけれど、ネクラ君と話したらすごく元気になれた。悲しくなった時は友達と話したら、もっと言うと好きな人と話したりしたら、すぐ元気になれる。なれないはずがない。

ネクラ君とは時々だけれど、待ち合わせ以外のメールもするようになった。

もちろん送るのはほとんどわたし。彼の返信は変な絵文字と顔文字はやめたのか、文字だけの簡素なものに戻っていた。あのあと話した時にだいぶ恥ずかしがっていたし、彼の話し方を知っていて頭の中で変換《へんかん》できるので別に気にしない。わたしのほうは彼の考案した顔文字を辞書に登録してたまに使っているけれど、それに関してはちょっとだけ嫌《いや》そうにしている。

わたしとネクラ君は仲良く友達をしている。

進化も変化も進歩もないけれど、楽しくて幸せな日々を謳歌《おうか》していた。

変化といえば佐倉総士。彼の雰囲気《ふんいき》が少し変わった。

彼の潔癖《けっぺき》そうな凛々《りり》しさと、繊細《せんさい》で危《あや》ういような色気は、今まで八対二くらいで、凛々しさが勝っていた。それが、ここ最近色気の割合がぐっと増した。

肉体的な成長も少しあるだろう。背はもともと高かったけれど、どこか華奢《きゃしゃ》な感じだったのが骨ががっしりしてきた気がする。

しかし、やはりその変化は内面によるものが大きいだろう。以前は女の子達に囲まれていても無表情に近い冷静な顔をしていた彼は、少しリラックスしているような穏《おだ》やかさを身に纏《まと》い始めた。

返答内容はさほど変わっていないのに、ほんのわずかな笑みのようなものが混ざるだけで、印象はだいぶ変わる。シャープだった雰囲気が一段柔《やわ》らかなものへと変化していた。

さらに言うならどことなく機嫌《きげん》がいい。増田先生と話しているのに上の空で相槌《あいづち》をうちながらニヤついていたりする。なお、ニヤついてるというのはわたし個人の感想で、周囲の女子は微笑《ほほえ》んでいる、と表現していた。

先日は「なにかいいことあったの？」と聞かれていた。

彼はそれに「特には」と簡素に返していたが、夏休みにずっと会えなかった某国《ぼうこく》の姫《ひめ》との再会の予定が控《ひか》えているのだと噂《うわさ》が広まった。

ああいう人が夏休みになにをしているのか、想像する余地もない。

＊

その日は月一の全校清掃《せいそう》の日だった。

通常の掃除《そうじ》当番の掃除とは別に、朝の時間を使って全校で掃除するのだ。

短い時間、特に割り当てもないので、皆《みんな》適当な場所を拭《ふ》いたりしてお茶を濁《にご》す。

割り当てのない掃除は自主性や要領の良さが顕著《けんちょ》に出てしまう。

わたしは仕事を見つけるのが下手《へた》だった。

簡単な仕事は人気でぱっと人が埋《う》まる。

だからなるべく面倒《めんどう》そうな場所や、汚《よご》れそうな場所を選んで手伝わせてもらいに行く。

そのたびに「西園寺さんはいいですよ」とか言われて、廊下《ろうか》の端《はし》に所在なく立っていた。

この時間はいつもそうで、割と苦痛だった。

校長が通りかかってわたしを見て手招きした。そうして、近くの廊下の窓を拭いていた佐倉君も呼ばれて、体育館へ向かう途中の屋根《やね》のある通路に連れていかれる。

「ここの、てしゅり」

「はぁ」

「埃《ほこり》がね……！」

「わかりました」

「あと、あしょこ！　葉っぱが少しね」

「わかりました」

校長は「うんむ。よろちくね」と頷《うなず》いてどこかへ行ってしまった。

とりあえず言われた通り周囲をざっと掃除する。

近くを雑巾《ぞうきん》で拭いていた彼がふっと遠くの空を眺《なが》めて「はぁ」とため息を吐《つ》く。

この頃《ころ》になると、いかに疎《うと》いわたしでも、なんとなく彼が恋《こい》をしているのではと思うようになった。そう思うとしっくりくるような目をしていることがある。

わたしは佐倉君は好みではないけれど、あんな目で見つめられたら大抵《たいてい》の女の子はドキドキするだろうというのはわかる。

しかしながら、しらけた怒《いか》りも胸に湧《わ》いた。

彼女がいるなら周りにもそう言えよ！

付き合ってないならさっさと付き合え！

そうしてくれていたらわたしが彼とこんなに気まずくなることもなかったのに。

まあ、某国の姫のほうにも色々簡単じゃない事情があるのかもしれない。

ふと、思いつく。ここは周囲に人があまりいないから、スマホ出しててもバレなそう。

出してるの見つかったら放課後まで没収《ぼっしゅう》だけど、近くに先生もいない。

佐倉君からそおっと離《はな》れて、屋根の支柱の端《はし》っこを拭きながらスマホを取り出し、ぽちぽちした。

『掃除してるよー。眠《ねむ》いよー』

送信したあと周りをキョロキョロしたけれど、人は遠くにしかいなかった。

唯一《ゆいいつ》近場にいる佐倉君を見たけれど、彼のほうも自分のスマホを出して見ていたので、こちらの動きには気づいてなさそうだ。

『掃除かったるいね。俺も眠い』

スマホが手の中で震《ふる》える。短いけれど、ものすごい速さで返事が返ってきた。

ネクラ君も、どこかを掃除しているのだ。

『いい天気だもんね！　わたしこのあと寝《ね》ちゃいそう』

ニヤつきながらまたスマホをぽちぽちする。

雑巾で勢いよく柱を拭いていると、また返事が返ってきた。

『俺も眠くなってきた』

短くて中身のない、本当にしょうもないやりとり。スマホの前でニヤつく。

『ネクラ君に会いたいなー』

送った直後、背後でガシャンと大きな音が聞こえて、振《ふ》り向くと通路の反対側の柱の下で佐倉君がバケツを足にひっかけて倒《たお》していた。

よかった。ぜんぜんこちらを気にしてない。安心してさらにメールを送る。

『そうだ。終業式のあと、会えないかな昼$\text{\$}$€』

『もちろんいいよ。でもその顔はもうやめて！』

思わずくすくす小さな声を立てて笑ってたところ、遠くに校長先生が見えて、慌《あわ》ててポケットにスマホを落として手すりを拭いた。

校長先生は「おわったかにゃ？」と言いながら辺りを見回した。

難しい顔で「ンン……ンンん」と唸《うな》りながら周辺をチェックする。

そして、ンムっと頷いた。

「おちゅかれさま！」と笑ってわたしと佐倉君を手招きしたので、逆方向にいたわたし達は中心部の校長先生のところに集まった。

「こりぇ！　ナイショで食べてね！」

可愛い口調でわたしと佐倉君の手のひらにひとつずつ、ミルクキャンディーを置いた。

ママの味がするとかしないとかいう可愛い包みの商品だ。

思わず佐倉君を見ると、彼もわたしを一瞬《いっしゅん》だけ見たけれど、目を合わせてはいけない気がして同時にパッと目をそらし、教室に戻《もど》った。

◆ネクラ

今日は終業式。

結構前から、式の後に第二図書室でひりあちゃんと会う約束していた。

朝っぱらからウキウキがとまらない。

朝から上機嫌《じょうきげん》で教室に入ると西園寺さんもご機嫌だった。

増田先生と話しているその声がいつもよりワントーン高くて、表情も生き生きしている。

これは、明らかに夏休みを喜んでいるんだろう。

西園寺さんといえば、最近また美しさに磨《みが》きがかかったと評判だった。

氷の姫と言われるだけあってもともと可愛いのに、ミステリアスな印象だった彼女は、最近ほんのわずか表情が出てきた。鉢合《はちあ》わせて挨拶《あいさつ》して、うっかり愛想笑いなんてされた男子生徒はあとで悶絶《もんぜつ》して、トイレットペーパーをむしゃむしゃ食べていたという話だ。

お昼休みに頬《ほお》を薔薇《ばら》色に染めて、どこかへ消えるという噂もある。その時間は隠《かく》れてこっそり彼氏と電話してる説が濃厚《のうこう》らしい。

西園寺さんに好かれる男というのが、まったく想像できない。学校のやつらは微笑みかけられるだけで無機物を食いだすありさまだし、彼女は誰《だれ》のことも好きにはならないような神聖さもあった。そのくせその微笑みには小悪魔《こあくま》感もある。本当に恐《おそ》ろしいお方だ。

それでもほんの少しとっつきやすくなったせいなのか、この間は一年生の男子に声をかけられているところに遭遇《そうぐう》した。

見るともなく見ていると、ものすごいことがおこった。

男子生徒がなにを言ったかまでは聞こえなかったが、彼が二言、三言、他愛ない顔でなにか言った。

それを受けた彼女が困った形に眉《まゆ》をほんのちょっとひそめただけで、近くにひそんでいた男子生徒がドヤドヤ出てきて件《くだん》の生徒は廊下の奥にすーっと引き戻されていったのだ。まるでカンダタのあとに続こうとする地獄《じごく》の亡者たちのようだった。

すごいものを見た。

男子生徒の消えた方向を覗《のぞ》きに行くと「田中《たなか》！　このアホ！」「この身の程知らずが！」などと袋叩《ふくろだた》きにあっていた。恐ろしい。

俺の知らない本当のモテの世界がそこにある気がした。

俺は相変わらず女の子は周りにいるが、いつまで経《た》ってもモテない男の心を保有していた。女子に囲まれている時も、自分でも「コイツつまらないなぁ～」と思うような返答しかできていないし、いまだに顔も正面からは見られない。チラ見して名前と一致《いっち》させるのも至難の技だ。

結論。西園寺さんはマジモンのモテる人。俺とは住む世界が違《ちが》う。

＊

「ついにこの日がきてしまったー」

終業式のあと。第二図書室で、ひりあちゃんがこの世の終わりのごとく嘆《なげ》いていた。

「ネクラ君、夏休み明けてもわたしのこと覚えていてね！」

忘れるはずがない。俺は記憶喪失《きおくそうしつ》になって日本語を忘れても、ひりあちゃんのことだけは覚えているだろう。

「たまにメールしてもいい？」

「うん」

「たまにじゃなくて、しょっちゅうしてもいい？」

「うん」

返事を聞くとほっとしたように「じゃあするね」と答えた彼女だったがその一瞬あとにはまた落ち込みだす。

「あー……あー……でもやっぱりさみしいなー」

ものすごい嘆きようだ。毎日会っていたわけじゃないし、会っても俺のほうはそんなに面白《おもしろ》おかしい話術で楽しませていたわけではない。断じてない。

むしろ、わざわざ会ってるのに退屈《たいくつ》させてるな、とか、うまく広げられなかった、みたいな不発の会話はたくさんあり、寒いことを言ったとかキモいことを言ったとか、後悔《こうかい》や反省ばかりは大量にあった。

ぶっちゃけ俺のほうは、ひりあちゃんが反対側にいるこの空間で五時間ほど黙《だま》って座っているだけでもおかしな脳内物質が放出されまくりホンワカと幸せで楽しい気持ちになれるので、内容は割とどうでもいい。

どうでもいいのに、ひりあちゃんは可笑《おか》しくて可愛いことを乱発してくるので俺のほうはこんなに楽しい時間がこの世にあったのかと思うくらいとても幸せにしてもらっていた。

もしかして、この子誰かに雇《やと》われてるんじゃ、と思わず疑いたくなる。

誰に。未来の俺だ。

彼女いない歴六十五年に至ったその日、後悔ばかりだった高校時代に楽しいことをさせてやろうと、タイムマシンであるデロリアンに乗ってこの時代に降り立ち、ひりあちゃんに依頼《いらい》に……。

そこまで考えたところでひりあちゃんの声で我に返る。

「ネクラ君の、好きなタイプの女の子は？」

「えっ、なにが」

「……色々考えたんだけど、個人情報に触《ふ》れない質問が、逆になくて」

「え、ああー」

そうか。この間質問すると言って、結局聞かれなかったのは、プライバシーに気を使ってくれたからだったのか。

「別に、なんでも聞いてくれていいよ」

それで自然にバレたなら、それでもいい。しかし、名前とかクラス以外の情報なんて、どれもこれも核心《かくしん》にはそう近くない気もする。誕生日だって、みんなに聞いてまわるわけにもいかないし、血液型や家族構成だって同じようなやつがゴロゴロいる。

「うん、好きな女の子は？」

「え？　さっきと質問微妙《びみょう》に変わってない？」

「あ、そうかそうか。てへへ……好きな女の子のタイプ」

「う、うーん」

俺の好きな子はひりあちゃんだし、好きなタイプもひりあちゃんなんだけど、そんなこと言えるはずもないし、ルックスのタイプを聞かれているとしたら答えにならない。

話しやすい子が、好き。

これ、どうだろう。

口を開きかけると蕙子ちゃんが呼んでもいないのに『キモモモモ！』と言って登場した。

『婉曲《えんきょく》にきみが好きですって言ってるみたーい！　よく考えてー！　想像してー！　そういうのー、好きじゃない奴《やつ》にやられたら？　女の子はー？』

き、キモいです。ドバドバ吐《は》きます。

『じゃあやめなー！　ここは無難な答えが大正解なのー！』

無難って言われても……。明るい子とか、そんなの、ひりあちゃんは俺から見たら明るい子だけど、自分では友達がいなくて暗いと思っている可能性だってあるじゃないか。

そういう、ひりあちゃんとまったく違う可能性のある答えは駄目《だめ》だ。かといって、本人に近すぎても駄目……吐かれる。どうしたらいいんだ。

「ネクラ君？」

「ない……」

「えっ」

「好きなタイプ、ない」

「ほ、本当に？　少しも？」

「あえて言うなら、健康な肉体を持つ……ヒト科……できれば人類……できれば女性」

最大限にキモくないように言ったのに、ひりあちゃんが笑って言う。

「あ！　わたし、あてはまるー！」

「ぶぎョイ」

動揺《どうよう》のあまり口から変な音でた。

そんなつもりでは！

『キモモモモー。そーしくんキモモモモー！』

藁子ちゃんが俺の周りを飛び回る。白目になった。もう、この話題から逃《に》げよう。逃げるためには、相手に質問を。

「ひ、ひりあちゃんは？」

聞いたあとで、さっそく後悔した。

あまりに自分とかけ離《はな》れていた場合を想像すると、怖《こわ》かった。身長二メートルのガチムチマッチョとか、危なげな武闘《ぶとう》派の男とか言われたら、なれる自信がない。一応筋トレくらいはしてみるかもしれないけれど、俺の身長は二メートルもいかないだろう。

ドキドキしているとひりあちゃんが軽い調子で言う。

「わたしは、話しやすい人がいいなぁ」

「そッ？」

「前は、話し上手《じょうず》な牛丼《ぎゅうどん》好きの人だったんだけど……最近変わったんだ……へへへ」

「そォなんだァア」

声がひっくり返った。心臓ドコドコうるさい。

「み、見た目とかは？」

「割となんでもいい！」

わーい！　俺もあてはまる！

ひりあちゃんと会っていると、心臓が頻繁《ひんぱん》に大はしゃぎする。

ひとしきり話して、ふっと沈黙《ちんもく》が訪れたあとにひりあちゃんが言う。

「わたし、ネクラ君と話すの、本当に楽しい」

「え、あ、ありがとう」

俺のほうが百万倍楽しませてもらっている。感激に震《ふる》えていると彼女はそこから少しだけ小さな声になって、ためらうような小さな沈黙のあと言葉を継《つ》いだ。

「……ネクラ君、すごく、話しやすいから……」

ネクラとヒリアの夏休み

◇ヒリア

夏休みの朝だった。

その日は朝から本当になにもかもがうまくいかなくて、最悪の連鎖《れんさ》をしていく日だった。

まず、父が、仕事関係で家族みんなで泊《と》まりがけでパーティに行く、お前も来いと言い出した。パーティなんて、行きたくない。どうせ牛丼《ぎゅうどん》のひとつも出ないパーティだ。

「行ってもすることないし！　わたし抜《ぬ》きでもいいでしょ！」

半ギレで友達と遊ぶ約束があると嘘《うそ》をついて家を飛び出した。

日帰りでも苦痛なのに泊まりとか、ゾッとする。

お姉ちゃんのおさがりの、というかおそらく一度も着ていないうちにわたしのものになったワンピースを着て家を出てきた。

どこで時間をつぶそうか考えて、前一度降りた駅を探索《たんさく》してひとりで遊ぶことにした。

こういうのは、切り替《か》えが大事。よーし、遊ぶぞ。

駅に着いて商店街を見てまわる。

通りの揚《あ》げ饅頭《まんじゅう》を買って食べて、用もなく雑貨屋にも入って、すごく楽しかった。

前来た時は豆腐《とうふ》屋さんがリヤカーで売ってたけど、今日は見当たらなかった。

まあいいか、納豆屋さんなら絶対買うけど。

商店街を抜けてちょっと歩いたところで雨が降ってきた。豪雨《ごうう》だ。

この辺から切り替えたはずのわたしの一日も雲行きがだいぶ怪《あや》しくなってきた。

雨のことなんてぜんぜん考えていなかったので、傘《かさ》の持ち合わせもなく、あっという間にびしょ濡《ぬ》れになった。

うわ、服ちょっと透《す》けてる。早くコンビニで傘買わなくちゃ。

来た道と逆の方向にそれらしき看板を見つけて急ぎ足で行くとつぶれていた。

なぜか探してる時には見つからないコンビニにやっと入ったときには雨は止《や》んでいた。

駅からだいぶ離れた場所でずぶ濡れのわたしだけが残った。

帰るしかないかな。そう思って歩いていると、街灯から落ちた雨粒《あまつぶ》の塊《かたまり》がぼちゃりとおでこを直撃《ちょくげき》した。わたし、ほんと反射神経ない。

前が見えなくて目をこすりながらヨロヨロ歩いていると、近くの建物の柵《さく》が壊《こわ》れていて、そこに肩口《かたぐち》をひっかけて、ビイィッと嫌《いや》な音と共に、ワンピースが少し破ける。

信じられない。

なんか、すごくついていない。せっかく出てきたのに、コントかよってぐらい、災《わざわ》いが連鎖してる。しかし、この時はまだ笑っていられた。

脱力《だつりょく》した笑顔が凍《こお》りついたのは、変なおじさんがわたしのあとをつけてるのに気づいた時だった。あの帽子《ぼうし》の人、結構な距離《きょり》を移動してるのに、ずっといるんだもん。たぶん、そう。これは笑えない。

もしかしたら偶然《ぐうぜん》かもしれないし、気持ち悪いからさっさと撒《ま》いちゃおう。そう思って早足になったら段差で足を捻《ひね》って転んだ。ふくらはぎを地面で擦《こす》って、薄《うす》く血がにじむ。

心臓がばくばくしていた。あ、これ、あとで腫《は》れるやつかも。

なんとか痛みをこらえてヨロヨロ移動する。そうすると、不審《ふしん》なおじさんが追いかけるように後からついてくる。本格的に気持ち悪い。

早く諦《あきら》めてほしい。

駅に戻《もど》るまでにある細くて人通りの少ない道を考えるともっと早くに撒きたい。

目に入った喫茶《きっさ》店に入るとおじさんは窓の外でじっとわたしを見ていたけれど、やがて、店内に入ってきて、空いている一番近い席に座った。

どうしよう。これは、絶対危ない人だ。

家に電話しても、家族は遠くのパーティに行ってるので誰《だれ》もいない。

たぶんいくらでも方法はあったけれど、焦《あせ》っているので、冷静に頭も働いていない感じがした。

誰かに、頼《たよ》りたい。でも、頼れる人がいない。

そう思った時、わたしの頭にある人が浮《う》かんだ。

ネクラ君に、一度だけこの街の話をした時、彼が一瞬《いっしゅん》言いかけた言葉をわたしは覚えていた。

「そこ、俺の家」って言ってた。

そもそも、彼がこの街に住んでるんだって思ったから、今日だってここに遊びにきたのだ。

ネクラ君に会いたい。助けてほしい。

なにもしなくてもいいから、今一緒《いっしょ》にいてくれるだけでいい。

怖《こわ》いし心細い。連絡《れんらく》したら、彼は来てくれるだろうか。そう思ってスマホを取り出す。

顔も知らないのに、無理がある。今までの友情も無になる可能性もある。

それでも、わたしに今頼れそうな友達は、ネクラ君しかいない。

文面を作って送信ボタンに指をかけようとする。

おじさんは相変わらずわたしをじっと見ていたけれど、ふいにスマホを構えた。写真を撮《と》ってるのかも。そう思ったら鳥肌《とりはだ》がぶわっとでた。

嫌悪《けんお》感で席を立って、急いで店を出た。

なんでまたついてくるの。本当に気持ち悪い。

頭に血が昇って、急ぎ足でどこに向かうでもなくなんとか撒こうとしてめちゃくちゃに歩く。交番とかないかと探したけれど、焦っているので見つけられないばかりか、少し人《ひと》気《け》の少ない道に出てしまった。

背後の足音が急にペースアップした。

振《ふ》り向くとおじさんが急ぎ足で接近してくる。わたしも走りたかったけれど疲《つか》れ切っていて、捻った足が痛む。ヨロヨロとしか前進できなかった。

このままだと追いつかれる。

頭が真っ白になった時、おじさんとわたしの間にリヤカーが勢いよく滑《すべ》り込んできて、おじさんの腹と足にぶつかりおじさんは「げふ」と言って止まった。

その後からほっかむりをした豆腐屋さんが来て、わたしと変質者の間に立ちふさがる。

「それ以上近寄るな。け、警察呼ぶぞ！」

豆腐屋さんはそう言って威嚇《いかく》するようにぱぷーとラッパを吹《ふ》いた。

変質者がじろっと豆腐屋さんを見た。

豆腐屋さんがリヤカーに挿《さ》していたノボリを引っこ抜いて構えた。

武器としてどうなのかはともかく、おじさんは舌打ちしてどこかへ行った。

わたしと豆腐屋さんは変質者が見えなくなるまでじっと動かずに見ていた。

風が吹いて、豆腐屋さんのノボリがハタハタ揺《ゆ》れた。

その場に膝《ひざ》から崩《くず》れ落ちる。

豆腐屋さんは「はあ」と息を吐《は》いてノボリを元に戻した。

そしてわたしに声をかけてくる。

「西園寺《さいおんじ》さん、大丈夫《だいじょうぶ》？」

「え」

ほっかむりを外して顔を見せたその人は佐倉《さくら》君だった。

「あ、ありがとう……！　ありがとう！」

「その……大丈夫？　なんかされた？」

佐倉君は、服も破れて、ふくらはぎから血を流しているわたしをいたましい目で見る。

なにか、あったこと以上のものを想像されてるかも。

「あ、ずっと追いかけられてただけで、特になにかされたわけじゃないの」

「よかった……」

「ご、ごめん。手をかしてもらえる？」

腰《こし》が抜けて、立ち上がれなかった。手を伸《の》ばすと、佐倉君が自分の手をエプロンでごし拭《ふ》いてから、引き起こしてくれた。

足がズキズキ痛む。

「佐倉君は……そんな格好でなにを？」

「バイト。警察行く？」

「……もう帰りたい……」

できれば行ったほうがいいとは思ったけれど、あまりにクタクタで、今日はもうこれ以上拘束《こうそく》されたくなかった。結局被害《ひがい》もなかったので、どうにかできるとも思えない。

ちらりと佐倉君を見る。

大して仲良くない、どちらかというとやや険悪なクラスメイト。学年のアイドル。しかもバイト中。こんな人にこれ以上頼れるよしもない。変質者を追《お》っ払《ぱら》ってもらえただけで御《おん》の字だ。

「それじゃあ、本当にありがとう」と言ってぺこりとお辞儀《じぎ》して、歩き出す。

足、ズキズキ痛い。落ち着いたらどんどん痛くなってきた。少しよろける。

しばらく行ったところで、ガラガラガラ、と背後から聞こえて、振り向くと佐倉君が追いかけてきていた。

「さ、西園寺さん、家の人呼ばないの？　呼びなよ。来るまで一緒に待ってるよ」

黙《だま》って首を横に振った。なにかしゃべると泣きそうだったから。唇《くちびる》を噛《か》む。

ぺこぺことお辞儀して、また、駅のほうに歩き出した。

「待ってよ。血が出てる。服も……なにがあったのかわかんないけど……さすがにほうっておけない」

「で、でも……」

佐倉君が思い切ったように口を開いた。わたしの目をまっすぐに見て言う。

「西園寺さん、俺のこと嫌《きら》いかもしれないけど、今だけ、助けさせてよ……」

いろんな想《おも》いが胸に溢《あふ》れて、それなのにまともな思考にはならなくて、ただ、涙《なみだ》だけがぽろぽろと出てきた。

「……っ」

佐倉君が「駅こっちだよ」と言ってリヤカーを引き前を歩き出す。それでもわたしが動けずにいるとリヤカーを置いて戻ってきた。それから彼はポケットからスマホを出してどこかにかけた。おつかれさまです、とか言ってるので、バイト先なのかもしれない。

また、風が吹いて、わたしは途中《とちゅう》からその声を拾うことなく呆然《ぼうぜん》としていた。

通話を切った佐倉君がわたしのほうを見る。

「歩ける？」

「わかんない……足いたい……」

思わず呻《うめ》く。さっきより痛くなってきている気がする。

「さ、西園寺さん、すごく嫌だろうけど、おんぶしたほうが早い……」

「うぅ……重いし、湿《しめ》ってるし、やだよね、ごめんね」

鼻声で言って、おんぶの体勢に入った佐倉君に抱《だ》きつくようにして、おぶわれた。

わたしの湿った服や髪《かみ》の毛が、彼の肩《かた》や背中に生温かい体温を伴《ともな》った湿り気を伝えていく。気持ち悪いだろうと思うのに、佐倉君は気にした様子もなく、どんどん歩いていく。

「すぐだから。我慢《がまん》して」

そう言われて、五分も経《た》たないうちに目的地に着いた。

駅に行くのかと思いきや、少し手前で降ろされた。

顔を上げると目の前には古いお店があった。

『食堂　さくら』と書いてある。

佐倉君がガラガラと扉《とびら》を開けて中に入ると明るい「いらっしゃいませ」の声に出迎《でむか》えら

れた。

「あら総士《そうし》。バイトはどうしたの？」

「母さん、俺店代わるから、この子風呂《ふろ》にいれてあげてくれない？　あと足怪我《けが》してる」

「あらあらあらあら、服も破れてて大変じゃない。総士、あなたまさか……」

「俺じゃない!!　事情は聞いてないけど、クラスメイトなんだよ！」

佐倉君が言って、わたしは店から少し行ったところにあるらしい彼の家に、車で移動した。

◆ネクラ

西園寺さんが『お食事　さくら』とデカデカプリントされているハイエースに乗って少し離《はな》れた我が家へ向かったあと、しばらく店を手伝っていたけれど、お昼時を過ぎるとだいぶお客さんが減った。

西園寺さんが母親と店に戻ってきたのを見て、思わず目を剝《む》いた。

俺が中学の時着ていたジャージ姿だったからだ。胸に『佐倉』と刺繡《ししゅう》されているそれはボロボロで、色も褪《あ》せている。ところどころケバだっている。

「か、母さん!!」

「なあに？　あ、これ？　もうあなた着れないでしょう。ゆりあちゃんの服は肩口《かたぐち》から破れてるし、今日はこれ着て帰ってもらうことにしたの」

目の前が暗くなった。

「西園寺さんになんてものを着せてんだよ……」

この人確か父親が有名お洒落《しゃれ》ブランドの会社の重役とかなんとか。それが……こんなゴミみたいな布切れを身に纏《まと》わせて……ファッションの神に呪《のろ》われてもおかしくない。

「え、あんたもう着れないでしょ」

「そういう問題じゃなくて！」

「佐倉君ごめんね。ちゃんとクリーニングして返すから」

西園寺さんがなぜかぺこぺこ謝ってくるので、それ以上の追及はやめた。

「足はどうなの？」

彼女のふくらはぎには大きな絆創膏《ばんそうこう》と、足首には包帯が巻かれていた。

西園寺さんに聞いた質問に母親が答える。

「擦《す》り傷が少しと、あとはねんざだと思うけど、だいぶ腫《は》れてるの。ゆりあちゃん、湿布《しっぷ》しただけだからあとで一応病院行きなね」

母親が戻《もど》ってきたので、俺は一旦《いったん》その場を抜《ぬ》けて、標識に繋《つな》いでいたリヤカーを回収してバイト先に行った。幸いなことに朝入れてた分の豆腐《とうふ》は全部売れていた。簡単に事情を話してその日はあがらせてもらい、また店に戻った。

店では西園寺さんがサバ味噌《みそ》定食を食べているところだった。

あぁ、サバ味噌かあ、とぼんやり思ってまた目を見張る。

ん⁉　西園寺さんが、サバ味噌⁉

なぜ、ティラミスとか出さなかった！　思わず母親のところに文句を言いにいく。

「なんで西園寺さんにサバ味噌なんて食べさせてんだよ」

「あら、ゆりあちゃんが選んだのよ」

西園寺さんが頷《うなず》き「とても美味《おい》しいです」と、すごく可愛い顔で笑ってみせる。

もちろん俺にではなく、作った親父と世話した母親に対してだが。

西園寺さんは食べるのは遅《おそ》かったけれど、ものすごく美味しそうに食べる。

付け合わせのイカとキュウリの酢《す》の物とかも、ひとくちひとくち大事に味わって食べている感じがする。これは作ったほうも相当嬉《うれ》しい客。ほかのお客さんはいなかったので親父もカウンターの奥で頬杖《ほおづえ》なんてついて嬉しそうに見ていた。

どさくさ紛《まぎ》れに「西園寺さん、これも食べなよ」とか言って、かぼちゃサラダとか、追加で出してきた。

うわ、女の子はそんなに食べないだろ。ダイエットとか。カロリーコントロールとか……ていうか、こんなオンボロの店のかぼちゃサラダとか……軽く引いていると彼女が小さいけれどはっきりした声で「いただきます」と言ってそれもぱくぱく食べる。

その顔はやっぱりどう見ても幸せそうに味わっていて、俺は俺の中の女の子像及《およ》び西園寺さん像が若干《じゃっかん》現実と乖離《かいり》していることを知った。

西園寺さんは出されたものをすごく綺麗《きれい》に全部食べきって、お茶も全部飲んで「ごちそうさまでした」と言ってふう、と息を吐いた。

「ゆりあちゃん、送ってくね」

母が壁《かべ》にかかった車のキーを手に取ったとき、お客さんがドヤドヤと入ってきた。

「全員座れるー？」

「あ、今、椅子《いす》動かしますね」

「俺がやる」

狭《せま》い店内でなんとか人数分の場所を調整して、西園寺さんを見ると立ち上がって母親の前で頭を下げていた。

「ごちそうさまでした。わたし足もう結構平気っぽいんで、大丈夫です！　ありがとうございました」

彼女がお客さんのほうをちらりと見ながら言うので、この店を両親だけで切り盛りしているこｔをなんとなく察したのだろう。

「あ、じゃあせめて総士、送っていきなさい」

「え、でも佐倉君も忙《いそが》しい……」

断られそうなところ、母親が「遠慮《えんりょ》しないで！　今日はひとりで帰っちゃダメだから！」と言って、ふたりで店を出た。

夏の午後の陽射しは強く、まばらに影《かげ》になっている緑の下を選んで歩く。

「ありがとう。ほんとはちょっと、ひとりで帰るの嫌《いや》だった」

西園寺さんが、困ったように言う。

「家まで送っていくから」

「ありがとう。でも、家は駅からすぐだから。こっちの駅まで大丈夫《だいじょうぶ》」

心配ではあったけれど、そう言われると、食い下がるのも女の子の家についていきたい変質者みたいで「わかった」と言うしかなかった。

怪我で歩みが遅くなっている西園寺さんに合わせるように斜《なな》め後ろをゆっくり歩く。

「う、わっ」

最初は慎重《しんちょう》に歩いていた西園寺さんは、慣れてきて油断したのかもしれない。湿った靴《くつ》で足元を滑《すべ》らせ、派手によろけた。

後方にそのまま頭をぶつけるんじゃないかというようなダイナミックなよろけ方に反射で腰《こし》を抱《だ》くように抱き留《と》める。

びっくりした顔で振《ふ》り向いた西園寺さんと、目があった。

腰が、細い。シャンプーの甘い香《かお》りに混じって、生々しい汗《あせ》の匂《にお》い、人間の匂いがした。

動けない。

頭上で蝉《せみ》の声がうるさかった。

西園寺さんがほんの小さな声で「あ、ありがとう」と言ったところで呪縛《じゅばく》が解けた。

不可抗力《ふかこうりょく》に近いとはいえ、申し訳ないことをした。

うしろめたさから、今度は少し離れて歩く。

気まずい。

しばらく行ったところで西園寺さんがほんの小さく振り返り、困ったように俺を見た。

「あの……『佐倉総士を見守る会』の方達に、言ったことだけど……」

「ごブゥ」

思わずむせた。

な、なんだそれ。その猟奇《りょうき》的にダサい名前の会。色々聞きたかったが、目を白黒させているうちに、なぜか知ってるものとしてそのまま続けられる。

「色々誤解があって……なぜかわたしに彼氏たくさんいるとか、佐倉君とこっそり会ってるとか、そんなこと言うから……」

「あ、なんか噂《うわさ》になってたのか。それは、知らなかったとはいえ迷惑《めいわく》をかけた」

西園寺さんともあろう人が俺なんぞと噂になるなんて気の毒すぎる。

「わたし、佐倉君のこと、嫌いじゃないよ……」

西園寺さんがボソッと言う。心臓がばくんと跳《は》ねた。

だからと言って好きでもないだろうというのはわかるので、とりあえず「うん」としか返せなかった。

「あれ……彼氏五十人いるって、本当じゃないの？」

「ひとりもいないよ」

「え、ええ！」

驚《おどろ》くと、西園寺さんは恥《は》ずかしそうにした。どうも彼氏がいないことを恥ずかしがっているようで、慌《あわ》てたように弁解めいた口調で言う。

「でも、最近気になる人が……ううん、好きな人はいるんだ。片思いだけど」

ミステリー感もなにもなく、ペロリと恋愛《れんあい》事情を打ち明けられて、拍子抜《ひょうしぬ》けした。

まった。

「西園寺さんに好かれるやつ、どんなやつ？」

西園寺さんが意外と普通《ふつう》で、なんだか妙《みょう》に話しやすかったのでつい、すんなり聞いてし

彼女は聞かれて顔を思い浮《う》かべたのか「えっ」と言って両手を頬に当てて赤く染めた。

表情が、みるみるうちにとろけていく。

わあ……好きなんだな。

彼女にこんな顔をされる相手は幸せだと思う。

「面白《おもしろ》くて、優しくて……あと、あと」

西園寺さんがニヤつきながら指折りしてる。激レア。

なんかたぶん仕事のできる大人のエリート。

IT企業《きぎょう》の社長で日本と海外を飛びまわっている。見た人がバタバタ倒《たお》れるレベルのイケメンでハリウッド映画にも出てる。テストで百点以外とったことがないくらい賢《かしこ》い。話が上手《うま》くて聞いているとみんな笑いが止まらないし人が集まってくる。優しくて大金持ち。各国から求婚者《きゅうこんしゃ》殺到《さっとう》。俺の知らない世界のハイパーイケメンの話だ。

聞いていたらなんとなく、自分のことを思い出して言いたくなった。

「俺も……実は片思いしてて」

「え、片思い？」

ものすごくきょとんとした顔で意外な声を出される。

「佐倉君なら、さっさと言えばいいのに……断られたりしないでしょ」

「そんなことないよ。色々微妙《びみょう》な関係だから、壊《こわ》したくないのもあって……」

「なんかすごいね。難しいんだね。やっぱり身分違《ちが》いのお姫《ひめ》様だったりするの？」

「いや……」

だいぶ見当違いな方向で想像されている気がした。

しかし、薮坂《やぶさか》ぐらいにしか言っていなかった俺の初恋《はつこい》話を、まさかこの人にすることになるとは思わなかった。割と会話できている。それに、自分も向こうも好きな人がいることがわかると、変な誤解で嫌がられることもないから男女ならではの妙な警戒《けいかい》心も和《やわ》らぐ。

それで余計に話しやすくなった。

「佐倉君は、告白しないの？」

「え、まだ無理だな。西園寺さんは？」

「わたしは最近、言いたい気もする……」

「そっか。きっとうまくいくよ。がんばってね」

西園寺さんなら砕《くだ》けることもなさそうだし、ものすごく無責任に背中を押した。

「うん、でも夏休みに入ってから……会えてないんだ」

「遊びに誘《さそ》ってみればいいよ」

「えっ……」

西園寺さんは一瞬戸《いっしゅんと》惑《まど》った顔をしたけれど、少し考えたあと、思い直したように頷いた。

「うん、誘ってみようかな……がんばる」

どんどん誘えばいい。こんな可愛い声に誘われて断る地球人はいないだろう。

ていうか今気づいたけど、西園寺さん、ひりあちゃんと声がちょっと似てる。

ひりあちゃんのほうがもう少し高くて明るい感じだけれど同類系の声質だと思う。

西園寺さんとはマトモに会話したこともなかったし、話し声をちゃんと聞いたこともろくになかったから気づかなかった。大発見。だから話しやすいのかも。

「佐倉君も……」

「え」

「佐倉君も、がんばって」

「うん。ありがとう」

思わぬことでなんかちょっと、西園寺さんと友達っぽくなってしまった。

思ったより話しやすい。それに、ひりあちゃんとは話せない〝好きな人の話〟ができたのがちょっと新鮮《しんせん》で楽しかった。

＊

明け方近くに蒸し暑さで目を覚ます。

エアコンはタイマーで切れるので、夏の朝のむわっとした暑さにもうやられて、とても寝《ね》続けてはいられない。

ボロい家の汚《きたな》い洗面台で顔を洗って歯を磨《みが》く。

部屋に戻《もど》って寝巻きのジャージから着替《きが》えて今日はバイトないし店の手伝いして……勉強して……いつもと変わらぬつまらぬ予定を頭で反復していると、机の上に置いてあったスマホが震《ふる》えた。どうせ薮坂あたりが最近観《み》たエロ動画の感想でも送りつけてきたんだろうと適当に指を滑らせる。

そこには大天使ひりあちゃんからのメールがあった。

件名は『夏休み、遊ぼう！』。

脳天をかち割られるような衝撃《しょうげき》で一気に目が覚めた。衝撃で腰が抜《ぬ》けて尻餅《しりもち》をつく。尻の下にあったビニール袋《ぶくろ》でさらに滑って背後にあったゴミ箱にぶつかる。スコンと音がしてゴミ箱が倒れゴミが辺りに散らばった。

ゴミの中で倒れながら、俺はスマホを持った手を高々と掲《かか》げて読んだ。

『金曜日、会えないかな』で始まるそのメールに、即答《そくとう》で是《ぜ》の返事をした。

ひりあちゃんからのお誘いを断るなんて選択肢《せんたくし》はない。

ゲームなら四つくらい選択肢が出てもすべて内容が同じだろう。

そうじゃなくても夏休みど真ん中のこの時期、糞《くそ》暑くてバイトの疲《つか》れも溜《た》まってきているこの頃《ころ》に、好きな女の子の声が聞けるなんて、生きててよかったどころの騒《さわ》ぎじゃない。

ひりあちゃんに、会える！

むくりと半身を起こしてゴミをゴミ箱に戻す手も軽《かろ》やかだ。

あれ？

冷静に考えたら、顔を合わすということになる、のだろうか。

ずっとはぐらかしてきたけれど、お互《たが》い正体を明かす時が来たということだろうか。

俺は勢いよく立ち上がり、膝《ひざ》で再びゴミ箱を倒した。そのまま階段を降りて母親に叫《さけ》ぶ。

「母さん！　俺今日、店手伝えない！」

「あらどうしたの」

「ちょっと急用が！　親の敵討《かたきう》つレベルの急用が」

「まだ生きてるから敵は討たなくていいわよ」

「とりあえず、今日出かける。バイトも休みだし、今日しかないから」

「珍《めずら》しいね。伊織《いおり》が今日は暇《ひま》らしいからお店は大丈夫。あなたもたまには羽伸《の》ばしてきなさい」

「あ、兄ちゃんが暇なんて珍しいね」

「あの子いっつも女の子とデートばかりしてるからねぇ……。総士は？　あなたも可愛い顔してるのに……彼女とかいないの？　あ、ほら西園寺さんとか！」

「母さん……西園寺さんが俺なんか相手にするわけないだろ」

「え、あの子、総士にいいと思うけどなあ」

「なに見て言ってるの。釣《つ》り合いがとれてないだろ。あの人はすごい……とてもすごい人なんだからな！」

「私にはあなたのほうがなにか色眼鏡で見てるように見えるけどねえ……朝ごはん食べてくでしょう」

頷《うなず》いてご飯をよそう。

冷蔵庫から納豆を出すと母親が朝ご飯用の茄子《なす》のお味噌汁《みそしる》と、大葉と鰹節《かつおぶし》の入った玉子焼きをテーブルにのせてくれた。店で飯を作るのは父だけれど、家の飯は母が作る。

「私も、もうお店行くけど、お昼はどうするの？」

「おにぎり握《にぎ》ってく」

外で食べるとお金がもったいない。学校がある時は親も俺も時間がないので菓子《かし》パンですますことが多いが、今日は作る時間くらいはある。

朝食をとったあと急いで簡素な弁当を作り、皿を洗って外に出た。

とりあえず、待ち合わせの駅に行ってみよう。

ひりあちゃんが指定してきたのはずいぶん寂《さび》れた駅だった。

周辺にもっと大きな楽しい駅はたくさんあるのに。なにか意味があるんだろうか。

降り立ってその、のどかさというか、賑《にぎ》わってなさに拍子抜けした。

今日も暑い。立っているだけで脳天から汗《あせ》がふきだす。

俺は久しぶりに脳内の藁子《わらこ》ちゃんを呼び出した。

藁子ちゃん、藁子ちゃん、俺、金曜女の子とデートなんだ。どこに行けばいいかな。

くるりんとそこに登場した藁子ちゃんが答える。

『女の子はー、まちがいなくパフェが好きーー！』

でも、ひりあちゃんの好きなのは納豆と牛丼《ぎゅうどん》なんだよ？

その質問には藁子ちゃんは答えず、カサッと音を立てて顔を隠《かく》した。そして新たに叫ぶ。

『女の子はー、歩かされるのがきらいーー！』

え、でも俺には車もないし、歩くしかないよ。距離《きょり》の問題かな？　何キロくらいまでなら歩いて平気かな？　十キロは、歩かせすぎかな？　九キロ未満で設定すればいいかな？

『ぶっぶー！　正解は七・五キロまでで一す！』

藁子ちゃんは自信満々だ。自分の心の化身《けしん》でありながら、よくわからない。でも七・五キロということにしておこう。

『検索《けんさく》検索ー！　デートスポットはー検索がきほんー』

でも、なにを調べればいいの？

『相手の好きなものを、リサーチー！　好きなものが食べれたり、遊べたりするところに連れていってくれるひとに、女の子はめろりーん！』

そ、そうか。ひりあちゃんの好きなものを俺は知っている……！　好きなものが食べられるお店にスマートに連れていけば好感度うなぎ登りはまちがいなし
これだ！　女の子らしく、かつ、好物にも即《そく》している。これしかない！

勢い込んでそのお店に行ってみると既《すで》につぶれていた。

そうだろうな……。

藁子ちゃん、俺、自信ない……。

歩行を七・五キロ以内で収めて、このへんぴな駅周辺で楽しい場所に連れていく自信、

ない。

『あきらめちゃダメー！　楽しくなければムードのある場所だよー！』

わ、わかったよ。でも、ムードのある場所なんて、そもそもアミューズメントスポットがこの駅周辺にはまるでないんだよ。

『よーく探してー！　きっとあるから！』

あ、駅の裏側にラブホテルがたくさんあるみたいだよ。ムード！　あるのかな⁉

『そんなとこ誘ったら口もきいてもらえなくなるぞ、ゴミ虫め』

薫子ちゃんがもはやほとんど俺の声と口調で即座《そくざ》に否定した。わかってる。わかってるよ。ていうか、俺が誘えるはずもないじゃないか。ラブホどころかコンビニにだって誘えないのに。

検索してもろくな情報がないから地図を拡大縮小させまくって念入りに探す。範囲《はんい》を広くして調べながら歩いていたら、駅からギリギリ七・五キロ以内で行けるところに広めの公園があった。中に入ると遊具もほとんどなく、緑が多め。子供の多い公園ではない。しっとりとした落ち着いた雰囲気《ふんいき》。

これはいいかもしれない。

念のため検索してみるとハッテン場としてよくつかわれてる公園だった。

駄目《だめ》。駄目に決まっている。お互い邪魔《じゃま》になる。

藁子ちゃん、どうしよう。

蝉《せみ》のぬけがら集めごっこくらいしか浮《う》かばない。

藁子ちゃんがカサカサクルリと回転して言う。

『こまったときはー』

こ、困った時は？

藁子ちゃんはパソコンの考え中表示みたいにしばらくクルクルとまわっていたが、やにわに声を出す。

『ドトールー！』

ドトール？　わかった。女の子はそこが好きなんだね。……好きなんだよね？

藁子ちゃんがカサカサ揺《ゆ》れながら『ドトール』『ドトール』しか言わなくなったので、それ以上、街の探索《たんさく》は諦《あきら》めた。

最後にひりあちゃんが書いてきた待ち合わせ場所を確認しにいった。

当日迷うとよくないし。

待ち合わせ場所は、駅近くにある公園。

――――その、遊具の中。

◇ヒリア

それを思いついたのは幸運な偶然《ぐうぜん》だった。

休日の冒険《ぼうけん》として降りた小さな駅で、たまたま見つけた公園。

その中の遊具のひとつが大きな、とても大きなてんとう虫の形をしていた。

近寄ると水玉模様の円は、いくつかくり抜かれている。そこから空洞《くうどう》となっている中に入れる。そして、入ってみると内部は中央で仕切られていた。

これは完璧《かんぺき》。

第二図書室と同じ構造だ。入口が両方にある分進化系とも言える。

素晴らしい。わたしはここをネクラ君との会合場所に使うことにした。

これなら夏休みに外で会える。最高だ。メールで誘《さそ》うとふたつ返事で了承《りょうしょう》を得た。

わくわくしながら待ち合わせ時間より早く行って、中に潜《もぐ》り込む。顔を合わせないですむように、時間は五分ズラして伝えた。

『時計寄りのほうから入ったから反対から入ってね』

メールして、ドキドキしながら待っていると、すぐに返信があった。

『もう中にいる』

「え、いつから？」

思わず声をあげた。着いているなら、連絡《れんらく》くれればいいのに。

同じ入口から入ったら大変なのに。いや、でもいないってことは反対側に。

「ネクラ君？　いる？」

反対側から「う、うん。いるよ」との声が返ってきた。声が通るかそれだけが心配だったけれど、よかった。これなら充分《じゆうぶん》会話できそうだ。

「久しぶりだね！」

「うん、元気してた？」

「うん！　ここならさ、ほら、お互い顔も見せずに話せると思って！」

「うん、そ、そうだね」

「あはは っ、声が響《ひび》くね」

声が、低い天井《てんじよう》に反響《はんきよう》して変な感じ。ていうか、ものすごく暑い。

今日は気温は低いほうだけれど、それでも遊具の中はむわっとした熱気がこもっていた。

「ひりあちゃんは夏休み……わっ」

「オマエダレダー」と子供の声が聞こえる。

どうやら反対側に別のお客さんが入ってきたらしい。

「うわっ、やめろ、ひっぱるな」

「誰《だれ》だー！　オマエ！　ぎゃははー！」

子供に乱暴をするわけにもいかない。しかし、なにか酷《ひど》い目にあわされている気がする。

ネクラ君！　がんばれ！　なんとか！

ネクラ君はたっぷり五分は子供達のオモチャにされていた。

笑い声が大きく反響してよくは聞こえなかったけれど、なんとかキックとか、ライダー系の必殺技もくらっていた。

愉快《ゆかい》な音声がその間ずっと聞こえていたけれど、やがて「ゆうとくーん！　ご飯だよー！」と声が聞こえて三人ほどの子供がバラバラと公園の外に向かって駆《か》けていくのが見えた。

「だ……大丈夫《だいじょうぶ》だった？　だいぶ成敗されてたけど」

「う、うん……大丈夫。大した成敗じゃなかった」

「ごめんね、いい場所だと思ったんだけど……」

「いや、素晴らしい場所だと思うよ！　ひりあちゃんはさすがだよ！　天才的だよ！」

「えへへ……ありがとう。でも暑いね」

「蒸すよね」

しばらくは夏の遊具の中の暑さについて話をしていたけれど、唐突《とうとつ》に空腹を覚える。

お昼時だ。お腹減った。興奮して朝は食べてない。

よく考えたら一緒《いっしょ》に食べにもいけないのに、なにかお腹に入れてくるべきだった。

遊具の構造にはしゃぎ過ぎて、ほかのことに対して色々無計画でずさんだった。

「お腹減ったぁ……」

思わずそうこぼすと向こう側でファスナーがジッと開くような音が聞こえた。

「あるけど食べる？」

「え、なにを？」

「……」

「もしかして焼きそばパン？」

最初に会った時、彼はなぜか焼きそばパンを持っていた。

「……おにぎり」

ネクラ君はなぜか決まり悪そうな声で言った。

「コンビニかなんかで買ってたの？」

「……いや、俺が朝、あとで食べようと……作った……んだけど……いやだよね⁉」

「え、えぇっ！　食べる！　食べたい食べたい！」

「ほ、本当に？　そしたらちょっと待って」

しゅた、ごいんごいん、ぺそ。ごいん。じゃり。

いくつかの音のあと「てっぺんに置いたよ」と声がかけられる。

ドキドキしながら外に出ると、自分が汗だくだったのがわかる。外気に触《ふ》れた服がぐっしょりして、スースーする。

てんとう虫のてっぺんを見ると、ラップにくるまれたおにぎりがちょんと置かれていた。

壁面《へきめん》の凹凸《おうとつ》にしゅた、と足をひっかけて、ごいん……ごいん、ごいんと四回ほど上にあがる。宝物はもうすぐそこだ。おにぎりを間近で見てまたびっくりする。

「すごいよネクラ君！　これ本当にネクラ君が作ったの？　こんな綺麗《きれい》で形のいいおにぎり、売りに出せるよ！」

お米はつやつやで、すっごく形がよくて、綺麗な三角。海苔《のり》は下の部分にだけ巻いてあるスタイル。ほんの少しひんやりしているのは保冷剤《ほれいざい》でも入れていたのだろうか。

おにぎりを持ってそろそろと下に降りて、またてんとう虫の中に戻《もど》る。

中身はなんだろうとひとくちかじると、塩加減も絶妙《ぜつみょう》。ご飯もふっくらとしていて、水っぽすぎない。こんな美味《おい》しいおにぎり、わたしは食べたことがない。いや、よく考えたらわたしはおにぎり自体ほぼ食べずに生きてきたから、もしかしておにぎりってこんなに美味しい食べ物だったの？　え、試しに帰りにコンビニのおにぎりも買ってみなくては。

具は明太子とツナマヨネーズだった。

明太子とツナマヨの割合、米とのバランスも素晴らしかった。

「美味しい……おいっしい」

ひとくち飲み込むたびに言葉がもれる。

なにか半月ぶりのマトモなご飯にありついた旅人のようにがっついてしまう。

「おにぎりの型とラップ使ってるから……そんなに触《さわ》ってないから！」

ネクラ君がなぜか焦《あせ》った声で伝えてくる。悪いけれどこの瞬間《しゅんかん》はちゃんと聞こえていなかった。

「はぁ、美味しかった……もっと食べたい……」

「え、本当に？　あとひとつあるよ」

「食べたい！」

欲望《よくぼう》のままに言ったあとで、それはネクラ君の分だということに思いあたるが、気がついた時にはしゅた、ごいんごいん、ぺそ、ごいん、じゃりとすばやく音が響く。

なんとなく、もうちょっとどんくさい子を想像していたんだけど、ネクラ君、意外と運動神経ありそう。少なくともわたしはこのリズムでは登れない。

「いいよ」と聞こえて外に出る。

また、回復アイテムがアイテムポイントに復活していた。

そろそろとてっぺんまで行ってそれを取って降りた。

なにこの、見ただけで食欲《しょくよく》をそそる美しい形。芸術的すぎる。

こんなの作れるだけで相当モテるような気がする。

手に持っているだけでヨダレが出そうになるが、落ち着いて深呼吸。

「あのー、これネクラ君の分……」

「俺、お腹減ってない！　減ってないんだ！」

ものすごく疑わしい言葉が慌《あわ》てたように飛んでくる。

どうしよう、おにぎり、返したほうがいいかな。

まさか、人生でおにぎりの返却《へんきゃく》について悩《なや》むことになるとは思わなかった。

どうしよう。

でも、これはやっぱりネクラ君の分だし……やっぱり。

……やっぱり美味しいなぁ。

葛藤《かっとう》していたはずが、気がついた時には口の中に幸せが満杯《まんぱい》に詰《つ》まっていて、笑顔で青くなった。

しまった。

このおにぎりが美味しすぎるのが悪いのだ。でも、一度口に入れたものを返すわけにはいかないよね。だから食べていいよね。美味しいな。

「ごちそうさまでした。ありがとう。本当に美味しかった」

「え、もう食べちゃったの？」

「美味しくて……ぺろりだった」

ネクラ君はお米の国の……王子様だ。しみじみ惚《ほ》れ直す。

「わたし、お昼のことなにも考えてなかった。ごめんね、誘っておいて」

しかも、欲望に耐《た》えられずネクラ君の分までむしゃむしゃ食べて。割と最悪なことをしている。

「ぜんぜん気にしないで！」

「本当にごめん、美味しくて……美味しかった」

「あんなのでよければいつでも作るよ」

「ほっ、ほんとにー？」

何百個発注しよう。楽しみすぎる。

「ネクラ君は、夏休みなにしてた？」

「俺はバイトばっかり」

「……バイト先って、女の子とかいるの？」

「へっ？」

うわ、嫉妬《しっと》心丸出しで変なこと聞いちゃった。恥《は》ずかしい。身悶《みもだ》えていると、だいぶ長い時間が経《た》った。

向こうで寝《ね》ているんじゃないかと思いだした頃《ころ》、簡素な返事が返ってくる。

「……いない」

わたしは、なんだか恥ずかしくて「うん」としか答えられなかった。

大豆とクッキーの告白

◇ヒリア

事件が起こった。

夏休み明け少し前からネクラ君と急に連絡《れんらく》がとれなくなったのだ。

今まで返ってきたメールが急にまったく返ってこなくなった。

最後のやりとりは、納豆星人の話だった。

その日は中学の友達と遊んで、帰りにちょっとお高い納豆を買った。

食べてあまりに美味《おい》しかったので夜にメールして、彼もちょうど暇《ひま》な時間だったのか、短いやりとりの往復となった。

わたしが書いた納豆星人の『ナットゥー！　ナットゥー！』の鳴き声に対して彼は鳴き声は『ネバネバー』はどうだろうと提案してきて、わたしはそれに対して『ネバネバフンバッバ』と送った。それが最後だった。

最初は寝《ね》てしまったのかなと思って自分も寝た。そこまで返答が必要なメールでもない。

しかし、その後始業式が近付いて第二図書室の待ち合わせ連絡を改めて送ってみても、返事はなかった。

『ネバネバフンバッバ』

自分の送った最後のメールをじっと見つめる。

こうして見るとくだらなすぎるし、明らかに浮《う》かれすぎている。なにがそんなに楽しいのだと、ぶっ叩《たた》きたくなる。返答に困ったのだろうか。しかしながら馬鹿《ばか》げていればいるほど、無視されるのは無駄《むだ》に悲しい。

しかし、これで嫌《きら》われたとは思いたくないし、そんな人でもない気がした。

なにかあったんじゃないだろうか。こんな時、正体を知らないと不安しかない。

家でひとりでパニックをおこして学校に行ったので、始業式の点呼、数少ない学級委員のまともな仕事もろくにできなかった。

ぼんやりしていたら佐倉《さくら》君が全部すませていたので、またわたしは仕事をしない偉《えら》そうな人になってしまった。

式が終わって、しばらく机で呆然《ぼうぜん》としていたけれど、第二図書室に行ってみた。

誰《だれ》もいない。人の気配がないのはわかっているのに小さく「ネクラ君」と呼んだ。呼んだら余計に悲しくなった。

こんな時、わたしには相談できる友達も学校にいない。

扉《とびら》を出る。焦《あせ》りばかりが募《つの》って無駄に早足になっていた。

とりあえず、なにか不幸なことがあった線を消したい。そう思ったわたしは、職員室に行って、増田《ますだ》先生に、二年生か三年生でお休みの人はいないか確認した。

皆《みな》健康的なことで、特にいないということだった。

ということは、彼は今も変わらず学校に来ていることになる。

やむにやまれぬ事情とか、事故とか病気とかそういうので連絡がとれなくなったわけではない。そのことはわたしを安心させたし、同時に、じゃあなぜ、という疑問を生んだ。

最後のやりとりを何度も頭で反芻《はんすう》する。

何度思い返しても、アホでくだらなくて、こんなことを真面目《まじめ》に反芻していることが情けなくなる内容だった。

教室のほうに戻ると、ちょうど佐倉君が女の子達に挨拶《あいさつ》をして鞄《かばん》を持ってひとり、早足で出てきたところだった。

ふっと夏休みのことを思い出した。

そうだ。彼にはわたしが片思いしていることを言っていた。

通りすぎそうな瞬間《しゅんかん》に袖《そで》を摑《つか》んで窓際《まどぎわ》に引っ張った。

「さ、佐倉君！」

「っえ、わ、西園寺《さいおんじ》さん、どうしたの」

佐倉君は返事はしてくれたけれど、学校の外で遭遇《そうぐう》した時と比べると表情も声も固かった。

なんとなく、自分が思っていたより、親しいと思われていない距離《きょり》感を感じて臆《おく》するけれど話しかけた手前、小声で続きをしゃべる。

「す、好きな人と、連絡とれなくなっちゃったの」

「えっと……どういうこと？」

「詳《くわ》しくは言えないんだけど……電話通じないっていうか、連絡返ってこないの」

佐倉君は少し考えて、思いついたように言う。

「海外行ってるんじゃないかな？　連絡しそびれて……」

「か、海外に⁉」

「うん、急に仕事が入ったりして……」

「高校生だよ⁉」

「え？　高校生って……あの高校生？」

どうやら佐倉君の頭の中でわたしの好きな人は大人設定らしい。

というか、海外でも連絡はできるような気がする。

くだらないことに齟齬《そご》を感じて遠い目をして呆《ほう》けていると、佐倉君が首を捻《ひね》って言う。

「大丈夫《だいじょうぶ》。また時間を置いてかけてみれば……案外繋《つな》がるかも」

普通《ふつう》の知り合いなら、学校やクラスや電話番号、家や、メッセージアプリ、SNSの類など、いろんな連絡のとりかたがある。ネクラ君とはメールアドレスしか交換《こうかん》していない。わたしと彼の関わりがいかに脆《もろ》いものかを表明するようで、わざわざ説明する気にはなれなかった。

わたしなら、それは仕方ないよ、そんなに仲良くないもん、て思ってしまいそう。

「こんなことなら……」

涙《なみだ》がぐいぐい上にあがってきて、続きをしゃべれなくなった。

佐倉君が泣かしたみたいに見えるかも。泣き止《や》まなくてはと考えることで逆に冷静になった。

「ごめん、大丈夫」と言う。佐倉君はなにも言わず、少し困った顔で動かなかった。

深呼吸してお礼を言って目をこすり、教室に戻《もど》った。

さっき思ったこと。

こんなことなら、気持ちを伝えておけばよかった。

そうだ。今からでも遅《おそ》くない。メッセージを残そう。

　第二図書室は相変わらず誰も来ている様子はない。表向きは図書委員がたまに使うということだったけれど、実情はまるで来ないし、物が多くてカビくさいのでカップルの密会にも使われない。なにか置いてあってもネクラ君以外の誰も見やしないだろう。

　メモじゃ、小さすぎて気づかないかもしれないから、もう少し大きなメッセージを作りたい。そう思った時、ひらめいた。

　わたしはその思いつきを実行するため、急いで家に帰った。

　クッキーを焼くことにしたのだ。わたしはネクラ君に焼きそばパンもおにぎりももらっていたのに、なにも返していなかった。

　幸い自宅にはアルファベットの型がある。

『DAISUKI』と型を抜《ぬ》いて、焼き上げる。

　中学の時に仲間内で少し流行《はや》ったのだ。

　それぞれのあだ名を字にしたり『NINJIN』『OKOME』とか『TO BE CONTINUED』とかふざけた文字を綴《つづ》る遊びだった。久しぶりだから上手《うま》くできるか不安だったけれど、やってみれば意外と要領を思い出せて、ちゃんと作れた。

　焼き上げたそれを一文字ずつ透明《とうめい》な小袋《こぶくろ》に入れて学校に持っていった。

　教室に行く前に第二図書室に行って、本棚《ほんだな》の奥のエリアに入る。

床《ゆか》に直置《じか》きするのに抵抗《ていこう》があったので色画用紙を敷《し》き、クッキーの袋をせっせと配置してみる。

並べてみると意外と小さくて、気づいてもらえるか不安になった。

思いついた時は可愛い告白になるんじゃないかと、すごくいいアイデアに思えたけれど、これなら普通にサインペンで画用紙にデカデカと書けばよかったかもしれない。

いや、せっかく焼いてきたんだし、これでいこう。

配置して何度か見直して、部屋を出た。

放課後になって、増田先生が学級委員を捜《さが》していたというのを漏《も》れ聞いて、急いで逃《に》げるように第二図書室に行った。佐倉君をイケニエにして。ごめん。

かくして、そこに並べておいたメッセージはなくなっていた。

きっと休み時間にネクラ君が来たんだ。そう思ったら顔が熱くなった。

わたしの告白、気づいてくれたかな。どうしよう、言っちゃった。どう思ったかな。

いろんな思いが胸を駆《か》け巡《めぐ》り、ドキドキした。

しばらくは妙《みょう》に浮かれていたけれど、やがて日が経《た》つほどに冷静になっていく。

ネクラ君からの応答は依然《いぜん》ずっとなかった。

増田先生は相変わらず人使いが荒《あら》くて、中でも学級委員は完全なるイケニエだった。何回かは佐倉君が捕《つか》まったのを見て危機感を感じて逃げきり、なんとか第二図書室に行ったけれど、やはりいない。あまり毎回逃げるのも佐倉君に悪い。

そのうちに、反応がないことを確認するためだけに第二図書室に行くのが悲しくなって、回数は減った。

ネクラ君には会えないままだった。

◆ネクラ

夏休み明け早々、クラスメイトの雰囲気《ふんいき》がほんの少し変わっていたりする中、なにひとつ変わらぬ風体《ふうてい》で藪坂《やぶさか》が教室を訪ねて来た。

「おい総士《そうし》、お前、何度も電話したんだけど、スマホどうしたんだよ」

「夏休みに壊《こわ》したんだよ」

「あ?」

「風呂《ふろ》でメールしてたら、手元滑《すべ》って水没《すいぼつ》した」

「風呂で使うならちゃんとジップロックにいれとけよ!」

「いや、風呂はメールの途中《とちゅう》で入ったんだけど、近くに置いておくだけのつもりだった。返事が気になって、つい脱衣《だつい》所に手を伸《の》ばしてだな」

「あぁ、わかったよ。説明はいいからさっさと新しいの買えよ。不便だろ」

「バイト代入るまで買えない。俺はお前と違《ちが》って貧乏《びんぼう》なんだよ」

「そんなの分割だろ」

「説明が面倒《めんどう》くさいが俺のスマホは一括《いっかつ》買いなんだよ。そのほうが月額が安く……」

「あぁー！　もういいよバカー！」

「なんの用だったんだよ」

「いや、オレ、別クラスの女の子にお前の友達だって言っちゃって……」

「よかった。くだらない用事だ」

「いい笑顔で言うな!!」

実のところ友人が少ないのでスマホなんてなくてもさほど支障はない。

ネットもほとんど見ないしアプリのゲームもやらない。

普段から持っているだけでほとんど使っていなかった。

問題は、ひりあちゃんだ。

別に喧嘩《けんか》してたわけじゃないから大丈夫だとは思うけれど、メールが使えなくなってることは伝えておきたい。

一応第二図書室の奥の本棚の本の隙間《すきま》に、スマホが壊れた旨《むね》を記したメモを残しておいたんだけど、来てないのか、見つけられていないのか、読まれた形跡《けいせき》がまったくない。

俺は何度かそれを確認しにいっていた。

第二図書室は天気が悪いと薄暗《うすぐら》い。

電気をつけるほどではないと、そのまま入って、急いで自分のメモを確認しようとしたら、足元のなにかを蹴飛《けと》ばした。ガサガサと音がして足元を確かめる。

それは袋に入ったアルファベットの形のクッキーだった。

蹴飛ばしたせいで順番はわからなくなり、ひとつ足で潰《つぶ》してしまったせいで、形が崩《くず》れて余計に文字としての認識がしにくくなった。

それでも、元あった位置に近づけていくつか並べ替《か》えて、これかな、という単語にたどり着いた。

『DAIZU』

大豆！

これは、絶対ひりあちゃんからだ。納豆好きの彼女からのメッセージ。

いくつか跳《は》ね飛ばした気がしていたけれど、文字になっているということはこれで全部だろう。

納豆を食べて元気にやっているということなのかもしれない。相変わらず俺のメモには気づいていないようだったけれど、少し安心した。焦《あせ》ることはないかもしれない。

そして、クッキーの差し入れに浮《う》かれた。もったいなくて食べられないけれど、食べないともっともったいない。早く会ってお礼を言わなくては。

しかし第二図書室は女子に囲まれたりして毎回は行けないし、たまに行ってもいないことが多かった。

それに、たまにお昼休みに行って戻ると西園寺さんが増田先生に、職員内で行われる校長先生の誕生パーティーのしおり作成をやらされていたりして、申し訳なくて余計に行きづらくなった。放課後も家の手伝いがあったりして、来ないかもしれないのをずっと待つ時間はなかった。

連絡《れんらく》さえとれれば、誘《さそ》い合わせることができる。早く連絡がとりたくて焦《じ》れる。

家に帰って店の手伝いをしていると母親が唐突《とうとつ》にひりあちゃんは元気かと言う。

「えぇっ！　母さんなんでひりあちゃんのこと知ってるんだよ？」

「……あなたボケたの？　ゆりあちゃんに会ってるからに決まってるでしょう」

「え、ゆり、あ……ちゃん？　…………あぁ……西園寺さんのことか……色々あるみたいだけど、身体《からだ》は元気そうだよ」

ゆりあちゃんをひりあちゃんと聞き間違えるようになった。重症《じゅうしょう》だ。その他にもテレビで〝非リア〟なんて単語が飛び出すと、そこだけ硬直《こうちょく》してしまう。会えていないのに脳内には溢《あふ》れかえっている。

さっさと連絡したい。バイト代が入るより先に親が誕生日プレゼントにスマホを買ってくれると言うのであと少しということで我慢《がまん》していた。

＊

休み時間に薮坂が訪ねてきた。

こいつが向こうから来るときは大抵《たいてい》しょうもない用件しかない。それでも女の子達に向けてペコちゃん人形みたいにカタカタ揺《ゆ》れて頷《うなず》いているよりは気楽だ。

教室を出ると廊下《ろうか》の窓際《まどぎわ》に連れていかれる。

薮坂は妙にもったいぶった表情をして、声をひそめるように言う。

「おい総士、お前ゆりあさんになんかしたのか？　話してたって話題になってるぞ」

「え、ああ、西園寺さんとは夏休み中にちょっとあって、友達、までいくかわからんけど、仲悪くはなくなったが……」

「なんかゆりあさんが泣いてたとかって噂《うわさ》だぞ」

「それに関しては俺はまったく関係ないんだけど……軽く相談に……」

薮坂はヤレヤレといった顔でオーバーリアクションで首を横に振《ふ》った。

「お前なー、ゆりあさん悪い噂流れてるぞ！」

「へふ？　なにそれ」

「純情な佐倉君をもてあそぶ悪い女だとよ！　お前なんてもてあそばれたならお礼にお金払《はら》ってもいいくらいの駄目《だめ》やろうなのにな!!」

「そ、それはまた……なんでだよ。泣いてたのは西園寺さんのほうだろ、それなら……」

「そこは色々ドラマがあんだよ！　恋《こい》多き女の策略とかなんとかな！」

薮坂が人差し指を立てて小さく左右に揺らしながら力説してくる。それからハーと馬鹿《ばか》にしたような息を吐《は》いた。

「まぁたぶんお前のファンが想像して作ってるんだろうけど……加えてお前、妙に潔癖《けっぺき》っぽいからな……周りから見て女の子をもてあそぶキャラじゃねえんだろな」

なるほど。俺がもてあそべるような役者ではない、そんなスキルを持っていないことを、皆《みな》薄々察しているのかもしれない。

薮坂の言う通り、俺なんてあんな人にもてあそばれたら衝撃《しょうげき》でお茶碗《ちゃわん》か茄子《なす》に変化するくらいチンケなやつだ。ちなみにまったく潔癖ではない。でも、無意識にそう見られるように演じている気はする。すけべ心はなるべく隠《かく》したい。

「対してゆりあさんは魔性《ましょう》の女で彼氏六十八人いるだろ」

「彼氏まだ増えてんのかよ！　ひとりもいないって言ってたぞ」

「お前、それ信じたの？」

「そりゃ、本人が言ってたからな……」

「あんなに可愛いのに？　そんなことがありえるか？　常識と照らし合わせて考えろ」

そう言われると、そんな気もしてくる。西園寺さんはそれくらい可愛い。しかし。

「俺は正直西園寺さんに彼氏がゼロでも、六十八人でも、どっちでもいいよ……」

どちらにせよ自分と関係ないことだし、その程度で見る目も変わらない。どちらだとしても、あの人は雲の上の人だ。

もてあそぶも、あそばれるもない。ちょっと話しただけで周りがなぜやたらと噂してくっつけようとするのかが謎《なぞ》だ。

◇ヒリア

嫌《きら》っていたはずの佐倉君を捕まえて半べそで慰《なぐさ》められているところを人に見られたわたしは、一躍《いちやく》悪女となった。

周りはわけがわからないから勝手に憶測《おくそく》をめぐらせる。

そもそも嫌いと言ったのが佐倉君を翻弄《ほんろう》するための嘘《うそ》であるとか、みんなに隠れてこっそり付き合っていたのをわたしが浮気《うわき》して、それがバレて泣いて縋《すが》っていたとか。

漏《も》れ聞こえてくるどのシナリオもわたしが悪者なものだった。

この手の噂は創作するのが女の子なので、どうしてもそうなりがちだ。

でもきっとそれだけじゃない。

佐倉君は高潔な感じが前からある。わたしは前から彼氏五十人とか言われていた。

この人相がきっとみんな悪いんだ。

彼氏五十人とか、もてあそぶとか、全部悪い女のそれじゃないか。そういえばうちの姉も美人だとかミステリアスな可愛さとかは言われているが、清純派と言われたのは一度も聞いたことがない。姉はアイドル的な野暮《やぼ》ったさや隙《すき》がないのだ。

「西園寺さん、噂聞きました」

お昼休み、珍《めずら》しく河合《かわい》さんが声をかけてくる。

「私《わたくし》達は出所とは無関係です」

「あ、はァ」

彼女はそれだけ言って、どこかへ行ってしまった。

入れ替わるように入口に人影《ひとかげ》が現れた。

「西園寺ィー！　ちょっとツラかしなァー！」

やけに勇ましい雄叫《おたけ》びが聞こえて、そちらを見ると他クラスの身体の大きな女子が腕組《うでぐ》みしてひとり立っていた。近くに行くと肩《かた》をガッチリ組まれて非常階段へと連れ出された。女子なのになにか、ヨタ者感が強い。

扉《とびら》の外はいい天気だったけれど、わたしはヨタ者に絡《から》まれていた。

向かい合って顔を見て気づく。

この子、見たことある。なんとなくネクラ君のイメージを探して他クラスをじろじろ見ていたとき、教室の中央でいつもみんなを笑わせていた子だ。身体も大きいし、インパクトがあるので間違えようがない。しかし、なんの用かはわからない。

「西園寺、誰《だれ》もアンタに言えないみたいだからアタシが言いにきたよ……」

女子生徒は言いながら指をポキポキと鳴らして凄《すご》んでみせる。

「え、と……なにをでしょうか？」

「佐倉君のことだよォ。不穏《ふおん》な噂をちょいと耳に挟《はさ》んでねェ」

あぁん？　とでも言いそうな顔で顎《あご》をしゃくられる。

「ま、まさか、付き合いたい派閥《はばつ》の、愛・連合会の過激派？」

ついに来たかと思って身構えるとジロリと睨《にら》まれる。

「アタシはハナから付き合えるなんて思っちゃいないよォ……ただ、彼の幸せを祈《いの》るのみさ……それが！　キサマどういうことだァ!?」

「どういうことって、言われましても……」

だいぶいきり立っているけれど、説明してわかってくれるタイプの子なんだろうか。

「佐倉君を傷つけるやつはこのマンモスが容赦《ようしゃ》しないよ！　大人しく手を引きな！」

またポキポキしてる。骨に悪そう。

しかし、いつ殴《なぐ》られるかとビクビクしていたのに、恫喝《どうかつ》するばかりでちっともアクションに入らないので気が抜《ぬ》けてきた。

それにしてもマンモス……たしかに身体は大きいけど。

「そのあだ名、自分でつけたの？」

「は？　どうでもいいだろが！」

わたしの中学の友達もゴリアテとかぽちょむきんとか、変なあだ名はたくさんいたけど、皆《みんな》で楽しく決めたあだ名で、本人も気に入っていたし、似合っていた。この子の場合、しっくりこない。

「あの……名前、なんていうの？」

「は……？」

「え、聞いちゃまずかった？　別に言いつけるつもりとかではないんだけど、なんとなく」

「フン、隠したりしないし。チクりたきゃチクりな。早乙女愛美《さおとめまなみ》……」

まなみん。

個人的にびしっとハマるあだ名が浮かんだが、この状況《じょうきょう》で言い出せるほど神経が太くない。

「アンタ今、似合わないって思っただろ！」

「え、思ってないよ。名前似合わないなんて、わたしのほうがよっぽどそうだし」

「はぁーッ!?　そんなアホみたいな派手な名前に負けてないの全校で探してもアンタくらいのもんなんですけど？　バカなのか？　バカにしてんのか？」

とっさに言い返したそれが口が悪いだけでどことなくフォローになってしまっている。

人のよさみたいなものが滲《にじ》んでいて、隠せていない。ちょっと笑いそうになった。

「いやあの、わたしはオムライス山やかんとか……」

「ダッサー！　ダサダサー！　ぜんぜん似合ってないわ、オムライス山とかアタシじゃん！　はい没収《ぼっしゅう》ー！　オムライス山没収ー！」

なにこの人。この状況でも、ついエンターティナーであろうとしてしまう芸人気質を感じる。傷つけるための攻《せ》めかたとしてはど下手《へた》くそだけど、言葉の出しかたがリズムよく

ボキバキ

て、妙《みょう》に楽しい気持ちになる。なんだろうこの子のこの感じ、どこかで。

そのときふっと気づいた。

この子、ぽちょむきんにちょっと似てるんだ。

わたしの友達はだいたい幼稚園《ようちえん》から同じだったけれど、ぽちょむきんだけは中学からの編入組だった。少し離《はな》れた地方の共学から来た彼女はほんの一部の男子によって傷つけられていて、出会った頃《ころ》は手負いの獣《けもの》のようだったし、中でもわたしに一等強い敵意を向けていた。

ぽちょむきんは身体も大きかったし、ぱっと見はさばけていて気が強そうだったけれど、実は仲間内で一番女の子らしい子だった。部屋もピンクだらけだったし、彼女の好きな漫《まん》画《が》や映画は乙女チックでロマンチックなものばかりだった。

雰囲気《ふんいき》とかちょっと似てるから妙に懐《なつ》かしい気持ちになってしまう。

「早乙女さん、わたしの大好きな友達とちょっと似てる……」

「は？」

「うん、あのね、ぽちょむきんは中学のときの友達なんだ。早乙女さんより身体が大きくて、でも優しい子だった」

早乙女さんが不審《ふしん》げな目でわたしを見ている。

「身体が大きいから一部の男子にオトコオンナとかレスラーとか言われて小学校時代はずっと泣いてたんだって。でもそれより嫌だったのはそれを見て笑ってる女子の存在だったって、言ってた……」

早乙女さんが明らかに眉根《まゆね》をよせて、嫌な顔をした。

下唇《したくちびる》を小さく噛《か》んで、さっきまでの少し作ったような顔じゃなくて、本気で嫌そうな顔。

「ぽちょは仲良くなって、本当に可愛く笑うようになって、明るくなったけど、もしかしてそのまま同じような人達がいる共学に進学してたら、早乙女さんみたいになってたかもなぁって」

「どういう意味だよ……」

わたし、突然《とつぜん》わけわかんないこと言い出してるのにちゃんと聞いてくれてる。

やっぱりいい子だ。というか、そもそも意地悪な人の空気感じゃないんだよな、この人。

「早乙女さんは教室で、いつもみんなを笑わせて、人気者だよね……自分でつけたんじゃないあだ名を堂々と名乗ったりして……」

自ら笑いを取りにいけば、笑われるのよりはダメージが少ない。早乙女さんはいつも楽しそうで、友達に囲まれていると思っていたけれど、実際に話してみたら、なんだかキャラを作っているような感じが否《いな》めない。やり過ぎ感が強すぎる。きっと周りの望むキャラクターを演じているんだろう。

「でも、ぽちょはそれが嫌だったんだよ……嫌いな男子のつけたあだ名なんて絶対嫌だったって言ってたの……すごく、すごく思い出す」

「アタシをそんな弱っちいやつと一緒《いっしょ》にすんな！」

「ぽちょは弱くないよ！　笑われてもちゃんと自分のなりたい女の子でいようとしてた。早乙女さんよりずっと強い」

断片だらけで、説明不足な言葉を思うままにぶつけてしまった。なにをどうしたかったわけでもないけれど、わたしは友達と似たこの子を見てすごく悲しくなってしまったのだ。

きっと無理をしている部分はたくさんある。

ぽちょからたくさん聞いた、悲しかったこと、苦しかったことを全部受け止めて人に自分を笑わせているこの子が、ひどく痛々しく見えた。

早乙女さんがずっと黙《だま》っているので顔を上げる。

彼女は、ふー、ふー、っと静かに息を吐《は》いて泣いていた。

驚《おどろ》いて目を見開くとキッと睨まれた。

「ア、アンタなんかになにがわがんだよぉ！　アンタみたいな！　なんの悩《なや》みもないやつに！」

「そりゃ、早乙女さんの気持ちはわかんないけど。でも、わたしだって別の悩みとかたくさんあるし、それは早乙女さんにはわかんないじゃん」

「ふざけんな！　アンタみたいなやつに悩みとかない！　あるはずない！」

「あるよ！　彼氏五十人とかありもしないこと言われたり、クラスメイトに敬語使われて遠巻きにされて、友達ぜんぜんできなかったり！　でもわたしはだからってみんなが望むキャラなんて絶対やってやらないもん」

「う、うぅ……」

「早乙女さんはいつも友達に囲まれてるからわからないだろうけど、ひとりで食べるお昼ってあまり美味《おい》しくないいんだよ」

「……っ」

「早乙女さんは、全校掃除《そうじ》の時間にどこ行っても手伝わせてもらえなくて、サボってると思われて先生に注意されたことだってないよね」

「う、うぅ……」

「わたしが佐倉君を傷つけたって、早乙女さんは誰に聞いたの？　本人から聞いたの？　みんなが好き勝手に言ってるだけだよね？　わたしは……」

「バカヤロー！　こっちはアンタみたいなのの、そんなん知りたくねーんだよ!!」

早乙女さんはますます泣いた。

そんなに泣くようなことを言っただろうか。

不思議に思ったけれど、顔を見てなんとなくわかった。

彼女はわたしよりずっと優しくて繊細《せんさい》なのだろう。どこか、ぽちょやわたしのことにまで泣いているような感じだった。平たく言うと、泣き虫。

泣き止《や》むのを待っているうちにチャイムが鳴った。

早乙女さんがなかなか泣き止まないから、そのまま手を引いて一緒に廊下《ろうか》に戻《もど》ると、少し離れたところで固唾《かたず》を呑《の》んで見ていたような生徒達が、目を丸くした。

それはそうだろう。

出てきた時には呼ばれたわたしではなく、締《し》め上げると息巻いていたほうが泣いている。

これはまた、いらぬ誤解をされそうだ。

◆ネクラ

「さいちゅーん！　お昼たべよー！」

お昼休み、教室に潑剌《はつらつ》としたよく通る声が響《ひび》く。

見ると以前薮坂にマンモスと呼ばれていた女子生徒がニコニコしながら手を振《ふ》っている。

驚いたことにそれに返事をして立ち上がったのは西園寺さんだった。

「まなみん、なに食べるの」

「まなみんはやめろよ！　唐揚《からあ》げ弁当食う！　ガハハ」

楽しげに会話して出ていってしまう。

珍《めずら》しく俺の教室で目の前でパンを食っていた薮坂が目を丸くした。

「西園寺さん……すげーな……最強のＳＰつけた。もう誰《だれ》も手出しできねーぞ」

「ＳＰ？　どう見ても友達だろ、あれ」

「いや、西園寺さんがマンモスと友達になるわけねえじゃん。最近悪い噂《うわさ》流されたりして反・西園寺派が蠢《うごめ》いてるって不穏《ふおん》な噂があったから、ボディガードとして雇《やと》ったんだよ。つかー！　金持ちはやることすげえな！」

薮坂は西園寺さんにもマンモスさんにも、どちらにも失礼なことを言って笑った。

確かにすごいとは思う。

俺が第二図書室に行ってひりあちゃんを待っている間に西園寺さんがいきり立ったマンモスさんに連れられていったけれど、返り討《う》ちにして泣かせて戻ってきたというのは周辺の女子が勝手に話してくれて知ったことだったけれど、そこからさらに関係を進ませるとは、西園寺さんのコミュ力は半端《はんぱ》ない。

いつもは人を寄せ付けないけれど、ここぞというときはやる。

さすがだ。やはり、あの人は人類とは少し違《ちが》う。俺とは大違いだ。

そんな西園寺さんとは席替《せきが》えで隣《となり》になった。

前のように気まずくもないし、そこまで緊張《きんちょう》もしなくなった。

西園寺さんが小さい声で「隣だね」と片手をぴらぴらさせてみせたので「隣だね」と返した。

男女間の緊張がなくて、すごく気楽。彼女は好きな相手がいるし、まかり間違っても俺に理想や期待を寄せたりしない。そもそも俺に興味がないから俺の痛々しい言動を馬鹿《ばか》にもしてこない。一番緊張する相手だったのに、不思議なものだ。

とはいえ天上の人には違いない。気軽には話しかけられない。

現在俺と西園寺さんは別に仲は悪くない。

ちょっと誤解があってお互《たが》い苦手と思っていただけで、普通《ふつう》のクラスメイトになれた。

周囲の中では紆余曲折《うよきょくせつ》あるらしいが、俺は特にない。

休み時間が終わり、授業前に西園寺さんがメモを見ていた。

「さ、西園寺さん！」

「え、どしたの佐倉君」

「そのメモ、どうしたの⁉」

メモにはリアルな親指を立てたゴリラの柄《がら》がプリントされていた。これは、以前ひりあちゃんがメールアドレスを書いてくれたものと一緒だ。

「え、これは……おいしい唐揚げ弁当売ってるお店の情報だよ」

「誰かからもらったの？」

「まなみんに書いてもらったんだけど……どうかした？」

西園寺さんの言うまなみんはおそらくマンモスさんのことだ。あの子がひりあちゃんじゃないことはわかっている。しゃべり方も声もぜんぜん違う。まだ西園寺さんのほうが似てるくらいだ。頭の中がぐるぐるまわる。

とりあえずメモ帳の出所を確かめてみなければ。

「ちなみにそのゴリラ柄、流行《はや》ってるの？」

西園寺さんに聞くとどこか困ったような顔で「流行ると、わたしは思ってるんだけど……」と返された。

西園寺さんが言うなら、もう八割方流行ってる。

同じものを持ってる子がウヨウヨいてもおかしくない。

「ちなみに、まなみんさんの苗字《みょうじ》は？」

「え、あぁ……早乙女だよ」

「ありがとう」とお礼を言って次の休み時間に教室を出た。

一番端の教室に行くと藪坂がかったるそうに寄ってきた。

「なんだよ総士。なんか用か？」

「早乙女さんを呼んでくれ」

「え、おまっ……お前が女子を呼ぶなんて初めての上にマンモス⁉　なにがあった！」

「いいから」

俺の有無を言わせぬ表情に気づいた藪坂が余計な追及を止めて、早乙女さんを呼んでくれた。

早乙女さんは教室の中央で何人かと笑っていたけれど、藪坂が行くと「マンモスって言うな！」と顔面に掌底《しょうてい》を食らわせていた。どうやら嫌《きら》われているらしい。

まぁ藪坂は時代錯誤《さくご》な感じに差別的なところがあるからしかたない。

藪坂は「へぶッ」と言って鼻を押さえたが、ヨロヨロと俺を指差し、俺に気づいた早乙女さんがパッと表情を変えて立ち上がる。

「あ、あの……アタシになにか御用《ごよう》でしょうか」

ひりあちゃん以外の女子と話すのは苦手だし緊張するが、背に腹はかえられない。

それに、言うことも決まっていた。

「早乙女さん、リアルなゴリラの柄のメモ帳なんだけど……知ってるかな」

「ん？　ああ、はい。リアルなゴリラの柄の……あれ可愛くないっスよねー」

「西園寺さんが持っていたのは、早乙女さんの私物？」

「あれはさいちゅ……西園寺さんのです」

「そう。ほかに持ってる人は？」

早乙女さんは「さあ、いるかもしれないですけど、アタシの知る限りでは……」と言って首をひねる。

お礼を言って教室に戻る。

結局わからなかった。ほかに持ってる人がいないかどうか、もう少し探してみよう。

これは、大きなヒントになるかもしれない。

＊

次の日女子の何人かがゴリラのメモ帳を持って俺のところに来た。

「佐倉君、このメモ帳、探してるって？」

「佐倉君、このメモ帳が好きって本当？」

「佐倉君、このメモ帳あげるよ」

俺の手の中に可愛くないゴリラのメモ帳が山積みになった。

たくさんのファンキーなリアルゴリラに見つめられて、辛《つら》い。

やっぱり流行ってるんだ……。

こんなにみんな持ってるんじゃ探しようがない……。

席に戻ると西園寺さんが例のメモになにやら文字を書いていた。

小テストの予定や忘れ物などにメモ帳を活用する子は多い。女子はお気に入りのメモ帳を探したりするのも楽しいらしく、男子に比べてもその傾向《けいこう》は顕著《けんちょ》だった。

「そのゴリラ、流行ってるね……」

なにか軽い徒労感を覚えて、思わず西園寺さんに声をかけてしまう。

「え、本当に？」

「みんな持ってる……。あと、前から持ってる人もいたよ」

「そうかぁ、ゴリラの時代、じわじわきてたのかぁ」

西園寺さんが嬉《うれ》しそうに言う。俺は小さく落胆《らくたん》して席に着いた。

ヒントを見つけたと思ったのに。

◇ヒリア

もうすぐ佐倉君の誕生日らしい。

女の子たちが騒《さわ》いでいた。本人が言いまわったとも思えないのに、みんな知っている。

そして本人とは関係のないところで祝いの宴《えん》が催《もよお》されるらしく、河合さんたちは放課後のパーティの予定でもりあがっている。

漏《も》れ聞こえてきたところによると去年はなぜか話の流れで男女混合で祝いが行われたらしい。おまけに本人のあずかり知らぬところで行われた佐倉君の誕生パーティで出会って付き合いだした子が見守る会をそっと脱会《だっかい》したとかなんとか。見守る会、だいぶ緩《ゆる》い。

ていうか、佐倉君て、いったいなんなんだろう。

佐倉君の誕生日は、わたしにとっても馴染《なじ》み深い数字でもある。

『0923』ネクラ君のアドレスに使われていた数字。なんの数字なのかは聞いていない。誕生日なのか、電話番号の末尾《まつび》なのか、アドレスを決めたその日なのか。わたしはネクラ君のことを、あまり知らない。

ネクラ君とは、結局夏休み明けからずっと連絡《れんらく》がとれないまま、会えていない。

もう会えないんだろうか。

今まで、なんだかんだ遠慮《えんりょ》していたけれど、会えないなら本格的に探してみてもいいかもしれない。というか、探すしかない。だって、会いたいんだし。

中庭でサンドイッチを食べる。

わたしは情報整理もかねて、まなみんにネクラ君の話をしていた。

まなみんはそういう話が大好きみたいで目をキラキラさせて聞いてくれた。

「顔も名前も知らないのに、好きとか、おかしいかなあ」

「えっ、えっ、なんで⁉　ちょーロマンじゃね？　いいよ！　すっげ素敵だよ！」

「ちょっと恥《は》ずかしいんだけど……」

「なんでだよ？　恥ずかしくねえよ！　アタシが佐倉君のシモべになった瞬間《しゅんかん》の話する？」

「ボタンの話でしょ、もう何回も聞いたよ」

まなみんは、がははーっと笑いながら自分の頰《ほお》を両手で包んだ。乙女《おとめ》なのか、がさつなのか。

「わたしよりまなみんのほうが顔広いでしょ？　誰かネクラ君ぽい人に心当たりある？」

「んー、まずウチのクラスじゃねえなあ」

「なんで？」

「ウチのクラス、ぼっちはいねえから！」

「あぁ～」

「さいちゅんとこは？」

「うちも……わたしくらいかなぁ……男子も、休み時間にひとりで過ごしてるような人はいないや……」

ちょっと悲しい感じになってしまい、まなみんが「はは……」と笑う。

「いや落ち込むな！　候補がふたつ減ったじゃねえか！　残りを探していけば辿《たど》り着くべさ！」

「そうべさね……」

まなみんに連れられてまた休み時間に順にクラスを見ていく。一組と七組の線は消えてるから残りは五クラス。これでいなければ三年生の可能性が高まる。

まなみんはわたしと比べれば顔が広く、他クラスにも前のクラスの友達が散らばっていたので三組と四組もほぼ消えた。あと三つはよくわからない。

「いないねえ……」

「友達がいなくて男子生徒。おそらく部活は入ってなくてバイトしてる、ほかには？」

「あ、モテない！　すっごくモテない！」

「残念ながら大半の男子はモテないし、モテる男子のほうが数が少ねえんだよなあ……ほかには？」

「うーん、面白《おもしろ》くて優しくて……あっ、もしかしたら子供に好かれる顔なのかも、しゃべり方が優しくて……素敵でね……あとおにぎり作るのがすっごく上手《じょうず》で……」

「ノロケはいらねえ！」

まなみんに一喝《いっかつ》される。

しかしあのおにぎりには本当に惚《ほ》れ直した。

思わずそのままプロポーズしてしまいそうなぐらい美味《おい》しかった。

美味しいといえば、佐倉君の家のサバ味噌《みそ》定食。あれも絶品だった。

普段《ふだん》母親が料理教室で覚えてくる洋食に慣らされ、飽《あ》き果てているわたしにとって、五《ご》臓六腑《ぞうろっぷ》に染み渡《わた》る味だった。

ちらりとまなみんを見る。きょとんと見返されたけれど笑ってごまかした。

夏休み中に佐倉君に会ったことは誰《だれ》にも言っていない。

まなみんには言おうかと思ったけれど、やめた。彼女も一応佐倉君のファンだから。

わたしはあの日降ってわいた災難から佐倉君に助けてもらった。それなのに、ファンの子に不可侵《ふかしん》とされているお家のことを言いふらすのは、悪い気がしたからだ。

佐倉君の印象はだいぶ変わった。

思ったより話しやすかったし、あのあとも頼《たよ》ってしまった。

でもやっぱり気軽に話をするにはわたし達の関係は周りに見張られていたし、見守る会の人達の言ってた過激派も怖《こわ》い。無理して友達になりたいほどの興味もなかった。

だからあの日のサバ味噌の味は、一応墓まで持っていくつもりだ。

＊

放課後になってまなみんが「こいつはちげえかな」とお肉をろくに食べてなさそうなゲッソリした人を羽交《はが》い締《じ》めにして連れてきた。

「な、な、なんですかキミタチは！」

まなみんに捕《つか》まえられたその人はキョトキョトしていて、まなみんからしきりに逃《に》げようとしていた。確かに、かなり人馴《ひとな》れしてない動物みたいな動きをしている。

まなみんにどのへんでネクラ君だと思ったのか聞いたら「暗そうでモテなそうだったから締《し》め上げて連れてきた」と言った。その人はまなみんに捕《と》らえられたまま顔を真っ赤にして、眼鏡をクイッと押さえ歯をギリギリさせて震《ふる》えた。

「あの……友達いますか？」

確かめるために聞いた台詞《せりふ》に、その人は顔を真っ赤にして叫《さけ》んだ。

「い、いるに決まってるだろう！　失礼な！　失礼、キャマリナーイ!!」

後半の声は甲高《かんだか》くて、特徴《とくちょう》的だった。これは違《ちが》う。

わたしは人の声とかあまり覚えないほうだけれど、さすがに違いすぎる。

冷静に思ったあと、自分の発言に気づいた。

「あぁッ！　すいません！　すいません！」

慌《あわ》ててペコペコ謝って、まなみんから解放すると、「ピッゴヤァァー!!」「ギュネォエエー！」と謎《なぞ》のおたけびでわたしとまなみんを順に威嚇《いかく》したあと、すごい速さで消えた。

あとからわかったことだけれど、その男子生徒は生徒会長だった。

だからというわけでもないけれど、申し訳ないことをした。ネクラ君は、たぶん、生徒会長とかやるタイプじゃない。あの眼鏡の人も生徒会長としてはだいぶ不安だけど。

「まなみん、あまり……力技で連れてこないように」

「そうだな……」

ネクラ君の捜索《そうさく》はうまくいかなかった。

ネクラ君、いったいどこにいるんだろう。

＊

休日の夜、部屋に戻《もど》って放置していたスマホを見るとメールが来ていた。

件名は『ネクラです』だった。

ネクラ君だ！　すごく暗い人からのメッセージみたいだけどネクラ君だ！

ものすごくドキドキしながら本文を開く。

本文は……『ネバネバフンババー！』

今ごろその返事をする前に、ほかに言うことがあるだろが!!

そう思いながらもわたしはくすくす笑って、『ベトベター！　明日会える？』と急いで送った。細かいことも気になることも全部直接聞けばいい。

◆ネクラ

放課後、ひりあちゃんが先に入った連絡を見てから第二図書室に向かう。

久しぶりに会ったひりあちゃんが「友達ができたんだよ！」と明るく言う。よかったね。

ひりあちゃんが幸せだと俺も癒《いや》される。よかった。

「よそのクラスの子なんだけど、すごくうまが合うんだ」

「ひりあちゃんは今までなんで友達いなかったかのほうが不思議だよ。本当よかった」

「あ、それはいいんだ！　最近連絡とれなかったの、どうしてたの？」

「ひりあちゃんのメール見て吹《ふ》いて、その勢いで風呂《ふろ》にスマホ水没《すいぼつ》させた」

「あ、そ、そうだったの」

「なかなか新しいの買えなくて、ごめん。一応ここにメモを残したんだけど」

「え、どこに？」

ひりあちゃんが向こう側で立ち上がるような気配があった。

「そっちの本棚《ほんだな》の、立った時に目線がくる段の本に挟《はさ》んである」

彼女はしばらく「んー」と探していたようだったけれど、やがてお目当てのものを見つけたらしい。

「あ！　本当だ！　あった！　折れ曲がった栞《しおり》みたいにすんごい派手に飛び出してる」

「結局気づかなかったかあ……」

「だって、ネクラ君、わたしの目線だとここの段の本の上部はよく見えないよ。背表紙というか、作者名が目の前にきてる」

「あぁ……ごめん」

自分から見て一番見やすい場所にしたのがそもそもの間違いだった。

「わたしが思ってたより……ネクラ君は背が高いんだね……」

「い、いや、二メートルもないし、割によくいる大きさだと思うよ」

別に期待されているわけでもないのに、なぜか二メートルないことを宣言してしまう。ついでに筋骨隆々《りゅうりゅう》でないことも言っておいたほうがいいだろうか。

しかし、それより先に言うことに思い当たる。

「そうだ。クッキー、ありがとう」

「え、あっ！　そうだ！」

「大豆！」

「だいず？」

「Zだけ気づかず踏《ふ》んじゃったんだけど、ちゃんと食べたよ。すごく美味しかった」

「え、あぁ……ぜっとね……だい……ず？」

なぜか反応がよろしくない。沈黙《ちんもく》が少しあった。俺はまたなにか余計なことを言ってしまったのだろうか。考えているとひりあちゃんが向こう側でゴソゴソ動く音がした。

しばらくして「あ、あった」との声と共に本棚の上から小さなビニールがふたつ投げ込まれた。

片方ずつ、ぱし、ぱし、とキャッチして見ると『K』と『I』の字のクッキーだった。

「もう食べれないと思うけど……ほんとはそれで完成なの」

「え、これ、大豆のどこにつくの？」

「ZじゃなくてS。大豆じゃなくて〝だいす〟それに〝き〟」

「う、うん？」

「大好き」

「大豆が？」

「ネクラ君が」

「え……」

「わたし、ネクラ君が好き」

しばらく言葉の意味を考えて「ひぐッ⁉」という、しゃっくりのようなものが出た。

「会えなくなってみてわかったの。やっぱり言っておいたほうがいいって」

好き。

好き？

意識朦朧《もうろう》。白目になっているところにさっそうと藁子《わらこ》ちゃん登場。

俺の頭を勢いよくスパーンと叩《たた》いた。

『キモい！　キモすぎだよそーしくん！　友達に言ってるだけなのに、なに興奮してるのー！　ふだん吐《は》かない藁子も体内の藁をドバドバ吐きそう！　通報案件だよー！』

わ、わかってる。顔も名前も知らないのに、恋愛《れんあい》の好きだと思うほうがどうかしている。

「ネクラ君？」

「は、はい！　生きてます」

「顔も名前も知らないのに、おかしいかなぁ……」

「顔や名前なんてなくても友達にはなれるよ」

「……恋人《こいびと》は？」

「……」

お、おい！　藁子ちゃん！　藁子ちゃん⁉

話が違うけど、どうしたら……。

都合が悪くなると藁子ちゃんはただの藁人形に戻ってカサリと沈黙する。

そのうちにひりあちゃんが「ご、ごめんね！」と謝りだしたので被《かぶ》せるように「うわ、ごめん！　ごめん！」と謝った。

「あッ、今のごめんはそういう意味じゃない！　沈黙してごめんなさい！　脳をすばやく回転できなくてごめんなさい！　生まれてごめんなさい！　の意味のごめん、だから！」

「わ、わかった……」

「お、俺も……ひりあちゃんが……」

そこまで口に出したけれど、そこから先がうまく発声できなかった。

でも「俺も」までで伝わるだろうと思っていると今回は「続き、聞きたいな」とリクエストがきた。

何度か口をその形にしてみるけれど、音を出そうとすると頬《ほお》の筋肉が途端《とたん》にこわばる。

その場でパペット人形のような動きを何度かして、息を吐いた。

「ひりあちゃん、恥《は》ずかしいけど正直に言うと、俺は女の子にす、好きとか言ったことなんてないんだ」

「うん。わたしも男子にはないよ」

「……俺はこれ、事前に練習しないと無理だ。お、思ってはいる……けど、緊張《きんちょう》しすぎて言語にならない」

顔が耳まで熱い。今日のところはこれで勘弁《かんべん》してもらえないだろうか。

そう思っているとひりあちゃんの「うーん」と考える声がした。

「じゃあ、練習しよう」

「え、練習?」

「うん、わたしが言うから、同じように返して」

「は、はひ」

どういうことだろうと思っていると、彼女が可愛い声でゆっくりとはっきりと、言う。

「ネクラ君、好き」

「……」

「ネクラ君、大好き！」

いけない。また真っ白になってしまっていたが、これを同じように返せということだろうか。

「……しゅ」

ろくな発声ができなかった。喉《のど》になにか詰《つ》まっているんじゃないかと思うくらい言葉が出ない。

「ネクラ君が世界で一番好き！」

「……っが」

「ネクラ君、好き！　大好き！」

「…………す！」

「すごいよネクラ君！　すの字が言えた！　かっこいい！」

とんでもない甘やかされ方をしている。

「す」の字の発声で褒《ほ》められるのなんて一歳児か今の俺くらいかもしれない。

そこからも甘い拷問《ごうもん》は続いた。

「ネクラ君の、しゃべり方も好き」

「ひ、す」

「でも一番はネクラ君の性格が好き」

「ひり……ちゃ……」

どんどん脳が蕩《とろ》けて、いつもなら呼べている名前すら呼べなくなっているところに「すごいすごいもう少し！　すてきすてき！」とまた過剰《かじよう》に励《はげ》まされる。

本棚は木製の大きなものが一列だったけれど、通路側には小さなパイプの簡素なものがひとつだけあった。そちらも本がぎっしりで、目《め》隠《かく》しには充分《じゆうぶん》な高さはあった。

ひりあちゃんが唐突《とうとつ》に「あ、そうだ」と言ってひとつだけあるパイプの小さな本棚の一番下の段の本を二冊ごそっと抜《ぬ》いた。そしてさらに俺のほうに背表紙が向いている小さな本を三冊抜く。そうするとそこは空洞《くうどう》となる。この位置だと、まず顔は見えない。覗《のぞ》き込めば別だが、わざわざそんなことをするなら中段の本を抜けばいい。

なにをするんだろうと見ていると、そこから、白くて細い、綺麗《きれい》な手がにゅっと出てきた。小袖《こそで》の手。いや、妖怪《ようかい》の名前を連想してる場合じゃない。

「はい握手《あくしゆ》」

「あ、あくしゅ？」

とりあえずリピートした。

ひりあちゃんがそこでせかすように手をぴらぴらする。

「い、いいの？」

「この状況《じょうきょう》でよくないとかあるの？　わたし、四つん這《ば》いだからしんどいな、早く早く」

「ち、ちょっと待って」

制服の端《はし》で手をゴシゴシした。

しかし、手汗《あせ》は後から後から湧《わ》くので、延々とゴシゴシするはめになった。

ひりあちゃんがぴらぴらさせていた手を床《ゆか》にバンバンと打ち付け始めた。やばい。焦《じ》れてる。

「す、すいません……」

「謝罪はいい！　すみやかに実行せよ」

「重ね重ねすいません……」

そおっと、手を重ねるとぎゅっと握《にぎ》られた。

柔らかい……。小さい……。

すぐに離《はな》そうとしたけれど、ぎゅっと握り込まれていた。

「ひ、ひりあちゃん……？」

「実体がある……本当にいる……」

「はい、います。すいません」

「もうちょっと確認していい？」

「えっ、いいけど……」

なにを？　と思ったのもつかの間、両手で握り込まれて、腕《うで》だけ向こうの空間へ引っ張り込まれた。

「わぁー、手、大きいね」

ひりあちゃんが感想をもらしながら、向こうのエリアに突《つ》っ込まれた俺の手をもみくちゃにしてくる。脳みそが沸騰《ふっとう》するように熱くなった。

「ネクラ君の……手も好き」

ひりあちゃんのかすれた声のあと、手のひらに、ふにゃんと柔《やわ》らかな肌《はだ》の感触《かんしょく》が触《ふ》れた。

これは、どこだ。今触れているのはひりあちゃんのどこの部位だ。這いつくばった不自由な体勢で脳を働かせる。

全神経を手に集中させる。さらりと髪《かみ》のようなものがあたるので頰の可能性が高い。

もしかして頰ずりしているんだろうか。想像したら脳がぐわんと揺《ゆ》れる。

次にそれが離れたあと、今度はほんの少し瑞々《みずみず》しい感触が手の甲《こう》に触れた。ほんの一《いっ》瞬《しゅん》だったけれど、吐息《といき》のようなものがかかったような気がする。

まさか。唇《くちびる》的なものだったりするのだろうか。いや、それはありえないだろう。

でも、そうとしか思えない感触だった。動揺《どうよう》のあまり、視界がガタガタ揺れだした。

「ネクラ君、大好き」

声が聞こえて、先程の粘膜《ねんまく》的な感触がもう一度、そっとゆっくりと、遠慮《えんりょ》がちに触れた。

その辺りから後、その日の記憶《きおく》がない。

あまりの出来事が頻発《ひんぱつ》したせいで、意識が爆発《ばくはつ》したのだ。

俺の意識は空高く舞《ま》い上がり、宇宙空間を漂《ただよ》い、フロリダの海の上に落ちてプカプカと揺らめいて散らばって溶《と》けた。

海に、光が射してすごく綺麗にキラキラしていた。

眩《まぶ》しい。すごく綺麗。

フロリダ最高。

これがその日の記憶。

ネクラとヒリアが出会う時

◇ヒリア

告白しちゃった。そして実ってしまった。

これは、彼氏だろうか。彼氏だよね。

彼氏なら、もっと連絡《れんらく》とか、約束とか、増やしてもいいかな。夢が広がる。

速攻《そっこう》で中学の友達に電話した。

途中《とちゅう》経過を話していたりゅんりゅんに報告する。

「わー！　さいちゅんおめでとう！」

「ありがとうありがとう！」

わたしは部屋中をグルグルまわりながら、見えもしないのに片手をブンブン振《ふ》り回してお礼を言った。

「モンスター退治の人だよね？」

「だよだよ！」

「そっかあ、結局どんな人だったの？　顔とか」

「え？」

「ん……？」

顔は合わせていないと言うと、電話越《ご》しに絶叫《ぜっきょう》された。

「さーいちゅーん！　それはない！　ナシナシのナシだよ！」

「あるの！　あるのー！」

「顔見る前に告白してるのがすでにおかしいけど、なんでお互《たが》い告白した後で顔を合わせようって話にならなかったの？　逆に不思議なんだけど」

「それはー………会うのが怖《こわ》かったからです」

少なくともわたしはそうだ。

すっかり今の状態に慣れてしまっていて、思いつきもしなかった。

「ひっくい！　さいちゅんもその人もコミュ力最低値すぎるよー！　このまま行くと、顔を合わせず結婚《けっこん》して、覆面《ふくめん》した結婚生活になるよ」

「そ、その手があったか！」

電話越しにも呆《あき》れられたような冷気がヒンヤリきた。

「ねぇ大丈夫《だいじょうぶ》？　そもそもその人、本当に生徒なの？」

「生徒じゃなきゃなんなの？」

「知らない……おじさんとか」

「こわい」

「そもそもその人、本当に生きた人間なの？」

「え、あれ？　地縛霊《じばくれい》的な？」

「知らないおじさんの……亡霊……」

「こわい」

「そもそもその人、人間なの？」

「人間じゃなきゃなんなの？」

「カンガルー……とか」

「可愛い」

　とりあえず生きた知らないおじさん説が一番怖いという話になった。

　しかし、残念ながら現状、知らないおじさんが存在として一番近いというのも事実であった。

　わたしは知らないおじさんを彼氏にしたかもしれないのか。そう思うと少し異常な気もしてきた。

「もう顔合わせなって！　大丈夫！　さいちゅん可愛いから！　きっと大喜びだよ！」

「そうかなぁ……みんなに敬語使われる顔だよ」

もし顔を見せてネクラ君にまで敬語を使われるようになったら、立ち直れそうにない。

「さいちゅんは大丈夫！　でも……向こうはトンカツご飯みたいな顔の人かもよ」

「トンカツご飯好きだから問題ない。ミネストローネみたいな顔より好き」

「えー、私はだんぜんミネストローネだけどなぁ」

「でもわたし……ゴルゴンゾーラみたいな顔の人はちょっと苦手なんだよね……」

「ゴルゴンゾーラかもよ～！」

「どうしよう……」

ゴルゴンゾーラみたいな知らないおじさんだったら、どうしよう。

「そういえばさ、さいちゅんの学校に、格好いい人いるって言ってたじゃない？　あの人はどんな顔なの？」

「佐倉《さくら》君か……えーとね……あの人は……」

間違《まちが》ってもトンカツご飯じゃない。かといってミネストローネでも、ゴルゴンゾーラでもない。色々浮《う》かべたけれど、どうもしっくりこない。洋風ではない。でも和風というにはほんの少しエキゾチックな雰囲気《ふんいき》もある気がする……。中華《ちゅうか》でもないアジアンでもない。

涼《すず》やかで、潔癖《けっぺき》っぽいのに、なぜか色気がある。あの顔は……。

「わらび餅《もち》？」

「え、さいちゅんわらび餅好きじゃん……ていうか、意外と庶民《しょみん》的な顔なんだね」

「いやでもなんか違う気もする……しっくりくる食べ物が……」

佐倉君の顔の表現で一分ほど悩《なや》んだ。

唸《うな》っているとりゅんりゅんが「もういい。わらび餅でいい」と言って思考を止めた。

「わらび餅イケメンはともかく、知らないおじさんとはちゃんと顔を合わせて、名乗り合うんだよ？」

「おじさん言うのやめてよ！」

でも確かに、そろそろ顔を合わせてもいいかもしれない。このままだと脳内で知らないおじさんになりかねない。

電話を切ったあとにネクラ君にメールした。

『ネクラ君、好き』

送ると十五分ほどして、『俺もすけです』となぜか女宣言してる焦《あせ》ったようなメールが返ってきた。ネクラ君、照れ屋だからろくに見ずに勢いで返信したのかもしれない。

ネクラ君なら、知らないおじさんでもいいかもしれない……。

なんならゴルゴンゾーラでも愛してしまうかもしれない。

あれだけりゅんりゅんに言われたのに、わたしは大切な問題を心の中でまた先延ばしフォルダに入れた。

◆ネクラ

彼女が、できた。

不思議だけど、できた。その彼女の顔と名前は知らない。でもネットで会って結婚する人だっているんだから、きっとおかしいことじゃない。

俺の、このつまらない内面を好きと言ってくれる、カブトガニより希少な子が、存在していた。俺はとても浮かれていた。なんかちょっと格好良くなった気すらする。生きててよかった。

俺の人生にこんなことがあるなんて思いもしなかった。てっきりこのまま老後を迎《むか》えるばかりだと思っていた。なんだかんだ恋愛《れんあい》には縁遠《えんどお》い人生だったからだ。

女性というものに対しての遍歴《へんれき》を物心のついた小学校低学年の頃《ころ》まで遡《さかのぼ》ると、幼少時は女子をほとんど意識していなかった。目には入っていたけれど関心がなさすぎたのだ。当時の俺は正しく内面を理解してくれる男子達と群れて、女子とはほとんど話すこともなく過ごしていた。

小四、俺と友人が公園の砂場で山を作り、その山に登る孤独《こどく》なロボットのストーリーを作成してゲラゲラ笑っていた頃、同級生の女子達は鏡片手に二重《ふたえ》だの一重だの言い合っていた。この頃からもう既《すで》に女子は別の生き物になりつつあった。

中学生になって、人よりは少し遅《おそ》いかもしれないけれど、女の子に興味を持つようになった。とはいってもクラスのあの子が可愛いなとか、芸能人に憧《あこが》れたりするようなぼんやりしたものだ。人並みに下世話な欲望《よくぼう》も抱《いだ》くようにはなったが、行動したいほどの具体性はなかった。

しかしその頃、女子のほうが俺を強く認識するようになった。声をかけられたり、見た目や内面について、求めてない評価を与《あた》えてくることが圧倒《あっとう》的に増えた。

女の子という得体のしれない可愛い生き物が『佐倉君はこういう人に違いない』とか、『こうであって欲しい』『そんなことしないで欲しい』とか、そんな言葉や気持ちをなんの気なしに投げかけてくる、直接言わなくても、実際の俺とは違うものを見る目で扱《あつか》ってくるのだ。これは辛《つら》い。

そこから俺にとっての女子という存在はさまざまなストレスを与えてくる生き物として、また少し変化した。

一番のストレスは期待されることだった。

見た感じで頭がよさそうとか、金持ちそうとか、育ちがよさそうとか、曲がったことが嫌《きら》いそうとか、そんな風に見られてるのがわかると、気になってしまう。

俺は幼い頃から自意識が低すぎて、自分がどういう人間かもよくわかっていなかったし、どう見られたいとか、こういう人間になりたいとかもなかった。たとえて言うなら砂場の砂や、公園の落ち葉、そんなものと似たようなメンタルでサラサラと、あるいはカサカサと生きていた。

ある日、「君はほかの砂と違う！　素晴らしい！」と言われて目覚めた砂は、砂でしかないのに、自意識を持った。そして、「やっぱりただの砂か」と言われるのを恐《おそ》れている。

自分の中にまったくなかったところに、他人によって持ち込まれ、降って湧《わ》いた自意識はとても強かった。

ガッカリされないように勉強はしたし、おかげで勉強の楽しさも知れたけれど、他人から評価されても、自己評価が上がることはなかった。だってそれは、他人の期待するものを演じただけであって、俺本来の資質ではない。

俺は砂だ。ただそこにあるだけの。本当は周りが期待するような人間ではない。

周りからは色々想像されたけれど、俺個人の持ち物として、自分がどんな人間になればいいのか、どんな風にありたいかのビジョンは、相変わらずさっぱりわからないままだった。

周囲に認められたい願望もなかった。ただ落胆《らくたん》されないために必死でやっているそれは焦りとストレスでしかなかった。認められると、期待は大きくなる。ますます辛くなっていく。

自分で自分をどんどん追い込んで偶像《ぐうぞう》化を加速させていた俺の本性《ほんしょう》は、反対にどんどんモテないモンスター化を加速させていった。もうなにをやっても落胆される恐怖《きょうふ》がぬぐえないので相槌《あいづち》以外の返答ができたら百点。目を合わせられたら奇跡《きせき》。これでは個人の判別すら難しい。

そんなこんなで、好きな女の子もいなかった。できるはずがない。

だからこんな俺に、あんな素敵な彼女ができたのはまったくもって奇跡といえよう。

＊

日曜日の昼過ぎにバイトから帰ると西園寺《さいおんじ》さんが店で唐揚《からあ》げ定食を食べていた。

「あれ……西園寺さん、なにしてんの」

西園寺さんは口の中の唐揚げをむぐむぐして飲み込んでから恥《は》ずかしそうに言う。

「ごめん。ジャージ返そうと思って……佐倉君が帰る前にお暇《いとま》しようと思ってたんだけど」

「いっぱい食べてねー。ゆりあちゃん、これも！　あと、これも」

なんとなく流れは把握《はあく》した。ジャージ、あんなもの捨ててくれてよかったのに。いや、西園寺さんちのゴミ箱が汚《よご》れるかな。

「いただきます。あ、今日は代金払《はら》いますから」

「ダメダメ～。ゆりあちゃんからお金なんてもらえないからね。ほら、春雨サラダも食べて」

どことなく母と打ち解けている。そして相変わらず美味《おい》しそうにぱくぱく食べている。

西園寺さんはご飯をお箸《はし》に適量乗せて、口に運ぶ。唐揚げをひとくちぶん歯で嚙《か》みちぎり、油のついた唇《くちびる》を小さく舐《な》めた。お味噌汁《みそしる》をふうっと吹《ふ》いてからお椀《わん》からそそ、っと飲んだ。満足気な吐息《といき》。漬物《つけもの》を小さくパリパリと食べる音。わずかに細まる目。頰《ほお》がわずかに色づいて、夢中になっているのがわかる。

なんとなく、食べ終わるまでずっとぼんやり見てしまった。

「総士《そうし》、送っていきなさい」

「はい。西園寺さん、送っていっていい？」

「え、悪いなあ…………ありがとう」

この街はそこまで治安がよくない。激悪ではないけれど、少なくとも西園寺さんの住んでいる街に比べると、上品でない人間は多い。それに、彼女の場合は前例がある。

「駅まででで大丈夫《だいじょうぶ》だからね」

店を出ると小声で言われる。

母親の手前断らなかっただけで、本当はちょっと迷惑《めいわく》だったのかもしれない。素直に頷《うなず》いた。

「そういえば、好きな人には会えたの？」

「うん！」

なんとなく、顔を見てそんな感じはしていた。とても嬉《うれ》しそう。

「高校生なんだよね」

「うん……優しくてかっこよくて、背が高くて、運動神経あって、料理が上手《うま》くて……すっごく素敵な人！　大好きなの！」

なんかすごそう。

高校生っていっても、只者《ただもの》じゃないんだろうな。

きっとものすごく気が利《き》くイケメン。目が合うと皆妊娠《みんなにんしん》するレベルのイケメン。身長二メートル。金メダルを持ってる。トークショーが三十六時間ぶっ続けでできる話術を持ち、十六ケ国のさまざまな料理をプロ並みに作れて、メンサに入ってる。寒い雪の日にお地蔵さんに自分の傘《かさ》をあげるくらい優しい。

「……なんか変な想像してる？」

「え、してないと思うけど……」

スケベな想像をしているように見えたろうか。恥ずかしい。俺今色ボケだからかな。怪訝《けげん》な顔をして軽く睨《にら》んでくる西園寺さんは一般《いっぱん》的に見たらものすごく可愛い顔をしていたけれど、俺の心は動かない。名前も知らない、顔も見たことがないひりあちゃんのほうが、なぜだか数倍可愛く感じるからだ。

別に西園寺さんと比べる必要もないし、西園寺さんからしたら失礼だ。

でも、西園寺さんを見て可愛いと思うことに妙《みょう》な罪悪感があったのだ。

ひりあちゃんはきっと、西園寺さんのように目立つ美形とかではないだろうけれど、よく笑う、ものすごく可愛い子だ。

たぶんそこまで成績もよくなくて、人見知りで、友達がいない。俺のようなやつでも受け入れてくれて、俺のようなやつでも助けてあげられる。俺のことを好きになってくれた。

俺の、彼女。

この間から藁子《わらこ》ちゃんが何回もわいて、「キモキモ」言いながら俺の頭を勢いよくスパーンスパーンスパパパーンと叩《たた》いてくるけれど、それでもまったく正気に返れない。

ただ、ときどき薫子ちゃんは小さな声で言う。

『いつ、名前を言うの？』

『顔は見せないの？』

薫子ちゃんのその声はとても小さいもので、だから俺はそれを聞こえないふりをしていた。

けれど、告白された日からずっとずっと、その小さな声は聞こえ続けている。

＊

メールからきっかり五分後、教室を出る。つい急ぎ足になってしまう。

第二図書室の扉《とびら》をばたんと閉めるとすぐに声がする。

「ネクラ君！」

「うん」

「会いたかった！　好き！」

「う、うん……す………」

「うん」

「す……」

しばらく待っているような沈黙《ちんもく》があったけれど、やがて諦《あきら》めた息の音が聞こえた。

「昨日はね、部屋の掃除《そうじ》をしたよ。すごかったから」

「ひりあちゃんの部屋、どんなの？」

「可愛い狸《たぬき》の置物があるよ」

「狸？……しがらき焼きの？」

うちのお店の前にも小さいのあるけど。

「え、うん？　なんか、前に外で見て可愛かったから、小さいの買っちゃったの。でも、大きいのも欲しいと思って、掃除した！」

「そ、そうなんだ」

ゴリラ、狸。毎度デザインがワイルド系だけど、動物好きなのかな。また新しい一面を知ってしまった。

「ネクラ君の部屋はどんな感じ？　置物ある？」

「俺の部屋じゃなくて、玄関《げんかん》に、木彫《きぼ》りの熊があるけど」

「熊？」

「お土産《みやげ》物とかでたまにある、魚咥《くわ》えたやつ」

「あー、……それ見たことあるかも」

「友達の家で？」

「う、うん……まぁ」

なぜかひりあちゃんが口籠《くちごも》る。熊はあまり好きじゃないのかもしれない。

「ネクラ君は好きな動物は？」

「パンダ」

「わー似合う！　すっごく似合うね」

ひりあちゃんはくすくす笑う。俺もつられて笑う。

こんな他愛もない会話が楽しくて、幸せで、平和な日々。

その関係があっけなく壊《こわ》れるなんてことを、俺は想像もしていなかったし、頭の中一面に広がったお花畑が、突然焼畑《とつぜんやきはた》にされるなんてこともやはり、予想していなかった。

◇ヒリア

ネクラ君の正体はわからないままだったけれど、追求する機会はどんどん失われた。

顔も見ずに両思いになってしまったが故《ゆえ》に、お互《たが》い顔を合わせることに対してどこか恐《おそ》れて先延ばしにしようとしているような気がした。

この間話していた時も、わたしは姉がいることを、とっさに隠《かく》してしまった。正体がバレる可能性を避《さ》けようと、性懲《しょうこ》りもなく逃《に》げようとする自分がいる。隠さなくてもいいし。そろそろ隠すのはやめるべきなのに、今が心地《ここち》良いから、すっかり臆病《おくびょう》になっている。

ネクラ君は中身の情報ばかりでイメージがどんどん肥大化している。それなのに具体的なイメージはなくて、散らばったままだ。

わたしを見て、ネクラ君はガッカリしないだろうか。それだけじゃなくて、自分のほうもネクラ君を見てガッカリしてしまったら……なんだかそれも怖《こわ》い。なんにしてもこの関係は崩《くず》れてしまう。

わたしとネクラ君はどこか逃げ腰《ごし》な質問ばかりしあって、会うのを引き延ばしていたし、いまだにうっかり出会わないように、かなり慎重《しんちょう》に待ち合わせをしていた。

その割に核心《かくしん》に触《ふ》れなさそうな、たとえば血液型とか、そんな様子見の質問がお互いたまに混じるようになった。ほんの少し自然にバレることを期待するような、それでも、必死でわからないようにしているような。矛盾《むじゅん》した攻防《こうぼう》。

打ち解ければ打ち解けるほど、直接会うのが怖くなる。ふたりともコミュ力がないからなおさら。友達がたくさんいるような人なら、さっさと会っているだろうと思う。

それでも、早くしなくてはという焦《あせ》りはじわりじわりと募《つの》り、このままでいたい心がそれを引き止めていた。

けれど、ある日唐突《とうとつ》に答えははじき出される。

心の準備なんて、できてもいないうちに。

＊

放課後で、気持ちのいい午後だった。

秋の空に少し冷たくなった空気。それに雲がほんの少しずつ動かされている。

その日はネクラ君が先に入って、わたしはあとから入った。

「なにして遊ぼうか」

この陣形《じんけい》で遊べることは限られている。

しりとりはもうやったし、他愛ない話はたくさんしている。わたしは名前もクラスも知らないのに、彼が近所のカレーライスみたいな柄《がら》の猫《ねこ》と仲が良いとか、美味しいたくあんのお店を知っているだとか、そんなことばかりに詳《くわ》しくなった。

この距離《きょり》と状況《じょうきょう》でできるゲームはないかと、アイデアを無造作に出し合う。

ネクラ君がぽろりと言う。

「うーん、ポッキーゲーム」

「なにそれ、楽しそう！」

「……なんでもない。本当適当にぽいぽい言ってたら頭に浮《う》かんだだけだから！　たぶん不可能だから！　忘れて！」

「えー、でも可愛い名前のゲームだね」

「忘れて！　ほんとごめん忘れて！」

慌《あわ》ててるのが可愛くてまた笑う。

ふと思い出した、以前から気になっていたことをなにげなく聞いた。

「ネクラ君のアドレスの、０９２３って、なに？」

「えーと……」

ネクラ君は少し迷っていたみたいだけれど、結局教えてくれた。

「俺の誕生日」

「わたしの知ってる人にも……同じ日の人、いる。……すごい偶然《ぐうぜん》。おめでとう」

「ありがとう。そこ誕生日の人わりと多いらしいよ」

「え、なんで」

「……ぎ、逆算すると……お正月に……」

「え、なにを？」

「うん？　あー、思い出したー！」

そうだ！　そういえば校長先生もその日だったかもしれない。そうか。本当に多いんだな。思い出して納得してしまう。胸の中にちょっとだけ湧《わ》いたモヤモヤを見ないようにして話題を流した。

くだらない話をたくさんして、ひと段落して、笑い疲《つか》れた頬《ほお》を少し休ませて、息を吐《は》く。

「ネクラ君、もうちょっと会えないかな？」

メールするのもほとんどわたしだし、待ち合わせの連絡《れんらく》をするのも圧倒《あっとう》的にわたしが多い。なんだかわたしばかり会いたがってるようで、一応……彼女、みたいなそんな感じになったのだからそこらへんは改善を要求してもいいだろう。

「ごめんね。休み時間に抜《ぬ》けれないこと多くて、あと放課後も家の手伝いがあったりして」

「家の手伝いって？」

なにげなく聞き返したその質問を、わたしはあとで深く後悔《こうかい》することになる。

「うち、定食屋なんだよ」

どくん。

聞いた時、心臓が跳《は》ねて、ぎくりとした。

誕生日を聞いた時、一瞬《いっしゅん》だけ湧《わ》いて見ないようにして捨てた疑惑《ぎわく》がまた頭をもたげる。

まさかね。

心臓の鼓動《こどう》が大きく、速くなる。

その可能性はかなり早くから頭の中で先に却下《きゃっか》されていて、いつもまったく審議《しんぎ》されなかった。だって絶対ありえないから。そう思いながらも、改めて、いくつか引っかかっていたことがらを頭の中で精査する。

休日にバイトをしている人はそこそこいると思う。

少し遠いけれど学校に通学可能なあの駅に住んでる人も、いるだろう。

誕生日は、偶然だよね。その日の生まれ多いって言ってたし。

でも、家が定食屋の人は、そういるだろうか。

さすがに重なりすぎている。

わたしが夏休みに佐倉君のお母さんに連れられて行った彼の家の玄関で見たのは、熊《くま》の置物。

でも、そんなはずはないんだ。

重なりはあるけれど、辻褄《つじつま》が合わない部分も同時に存在している。

ネクラ君は女の子にモテなくて、男友達もいない、自分に自信のない子のはずだ。だから絶対ありえない。

今までのことがぐるぐると思い出される。

違《ちが》うと思いたい。違っていてほしいと思う。どっちなんだろう。知りたい。

このままの状態で、帰りたくない。

壁《かべ》に手をついて、音もなくヨロリと立ち上がる。

わたしは、思いついてしまったそれを、今すぐ確認せずにはいられなかった。心臓が自分にもはっきり聞こえるくらいにどくどくと音を立てている。

本棚《ほんだな》の向こうではネクラ君が話し続けている。

「だから部活とかもあまりできないけど、特別入りたいとこがあったわけでもないし……」

そんな言葉の断片が耳に入るけれど、まるで意味をなさない。呼吸が乱れる。

「前作ったおにぎり……お店の…………だから、…………のかもしれない」

なんにも頭に入ってこない。

わたしは震《ふる》える足を進めて、彼との敷居《しきい》となっている本棚の端《はし》に辿《たど》り着いた。ここから、あちらを覗《のぞ》けば、彼の顔が見える。

わたしの頭の中の、ネクラ君。

のっぺらぼうで、友達がいなくてモテなくて、自分に自信がない引っ込み思案の男子生徒。そんなものに、姿形がついて、完全な人間となってしまう。

やろうと思えば簡単にできてしまうことに、その無防備さに、逆に怯《おび》えた。

はぁ、はぁ。

走ったあとでもないのに意味もなく息がきれている。現実感が薄《うす》い。

何度もあちらを覗く自分を想像するけれど、眠《ねむ》りの中で無理に目覚めようとしているように、なかなか行動には移せなかった。これは夢なのかもしれない。

わたしのいた薄暗い入口側と違って、本棚の反対側は窓からの光が射して、きらきらと眩《まぶ》しかった。

わたしは結局本棚の真ん中で、動くことも戻《もど》ることもできず、荒《あら》い息を吐きながら床《ゆか》を睨《にら》みつけていた。

キシッというほんの小さな床の軋《きし》む音。光の射した床に人の影《かげ》が落ちた。

誰《だれ》かが、いや、ネクラ君が通路のすぐ近くまで来ている。

「ネクラ君？」

小さな掠《かす》れ声を出して顔を上げた。

そこにいる人を見てわたしの想像していたのっぺらぼうの男子生徒の顔が、一瞬でかき消されていく。

あっという間に上書きされて、戻れなくなる。

そこに、思った通りで、見たくなかった正解があった。

そこには。

そこには佐倉総士が、突然《とつぜん》現れたように立っていた。

見開いた目でこちらをぽかんと見ながら。

◆ネクラ

ひりあちゃんと話していた。

平和な午後のはずだった。

途中《とちゅう》から返答がなくなったので、心配になって立ち上がる。

そこで一度、声をかけようとしたのに、黙《だま》って扉《とびら》のほうに移動したのはたぶん出来心だ。いい加減会わなければならないような、義務感にも似たプレッシャーに追《お》い詰《つ》められていたからだろうか。飛び降りる気もないのに屋上の淵《ふち》に立つような気持ちで。俺はいつもなら足を止めるであろう、本棚の陰《かげ》に隠《かく》れた場所から、ほんの半歩足を進めた。

結局、反対側を覗いたり、会ったりすることはなく、引き返すだろうと自分で自分を侮《あなど》りながら、本棚のない通路の部分までもう一歩踏《ふ》み出していく。

唐突に、すぐそこにあるはずのない、人の気配にぶち当たる。

とっさに見ないように目を伏《ふ》せた。やっぱり、悪い気がしたからだ。

それでも耳なじんだ彼女の声で「ネクラ君」と呼ばれて、恐《おそ》る恐る顔を上げる。

目の前には、西園寺さんが立っていた。

彼女は、ひゅっと息を呑《の》んだ後、一歩後ずさりして、まっすぐこちらを見る。

瞬間《しゅんかん》、混乱する。

ひりあちゃんと話していたはずなのに、いつの間に入ってきたんだろうか。

でも、彼女はさっきひりあちゃんの声で「ネクラ君」と俺を呼んだ。

現実的な答えがじわじわと、上にあがってくる。嘘《うそ》だろ、と思う。

でもこれは、たぶんそういうことなのだろう。

表層ではわかっているのに、理解できない。なぜだか理解してはいけないもののような気がして、しばらくそこで思考がフリーズしていた。

どれくらいの時間、第二図書室の真ん中で向かい合っていたのかはわからない。

ふたりとも無言で、まるで、人間じゃないものを見るみたいな目で、遠慮《えんりょ》を忘れ、夢中になって見つめ合っていた。

いくら考えても、時間が経過しても、現実感がやってくることはなかった。

やがて、西園寺さんの形のいい唇《くちびる》が震えるように動いて、小さな音を発する。

「嘘つき……」

「えっ……」

「友達いないとか、モテないとか嘘ついて、なにがしたかったの？」

「嘘なんて……」

「だって佐倉君はいるじゃん友達！　それに、女の子とだって、話してるし……なんなの？」

「……」

「も、もしかして、わたしだって知っててからかってたの？　わたしが、友達いないからって……」

「れ、冷静に今までのこと考えてよ。知ってたら……」

「うるさい！　うるさい！　ひどいよ！」

　興奮して頭に血が昇《のぼ》っている。なだめたいところだけれど、自分もまだ現実を認められなくて、負けず劣《おと》らずのパニック状態だった。

「嘘だ……嫌《いや》だ！」

　ぽろぽろと涙《なみだ》をこぼしながらそう言われて、胸がしくりと痛んだ。

「酷《ひど》い……なんでそんな……」

西園寺さんは腕《うで》で無造作に涙を拭《ぬぐ》った。

泣いたまま、フラフラと本棚の向こう側に戻っていく。

そして、呆然《ぼうぜん》としているうちに扉の閉じる小さな音が聞こえた。それでも、やっぱり動けない。

部屋が静寂《せいじゃく》に満ちた。ひとり、そこに残される。さっきまで、ひりあちゃんは俺と笑いながら話していた。それが一瞬で失われたことが、まだ受け入れられない。

彼女はどうして突然こちらに来たんだろう。

西園寺さんが、ひりあちゃん。

唐突《とうとつ》に現れた事実に意識がついていけない。

西園寺さんが、ひりあちゃん。

何度唱えてもしっくりこない。

正直、それだけはないと思っていた。かなり早い段階で、当たり前に可能性を除外していた。

もし、西園寺さんが第二図書室に入っていくところを見たとしても、俺はひりあちゃんだとは思わなかった。なにか用事があるのかなと思っただろう。

似てると思った声は、改めて聞くとそのままのようにも思えた。ただ、俺に話す西園寺さんと、ネクラに話すひりあちゃんは声の温度が違ったし、なによりよく笑った。氷の姫《ひめ》なんてあだ名が絶対に似つかわしくないくらいに。

頭の中で、今までのいろんな出来事が錯綜《さくそう》する。

似ている声。ゴリラのメモ帳。夏休み明けに連絡《れんらく》がとれなくなった相手。ほかのクラスの友達。

今思えば、一致《いっち》するようなことはいくつかあった。ただ、絶対にそれだけはないだろうと、根拠《こんきょ》なく思いこんでいただけだ。

ひりあちゃんが、西園寺さん。

どんな女の子がそこにいても、俺は好きでいられると思っていた。でも、実際に姿を見たあと感じたのは思っていた感覚とはまったく違った。

無理だろ。

今思えば俺はずっと、無意識に自分と近しい、もっと言えば自分より〝下の存在〟を期待して想像していたんだろう。自信がない、つまらない自分でも愛してくれる、人より少し劣った存在。だからこそ、自分を受け入れてくれる存在。

自分に都合の良い偶像《ぐうぞう》を、彼女に被《かぶ》せていた。

容姿はあまり可愛くなくて。人見知りで人と上手《うま》く話せなくて。だから友達がいない。人より劣っているから、自分の人より劣った部分を受け入れてもらえるんじゃないかと、きっとそんな風に思っていた。

俺は呆然とそこに座り込み、いつの間にか陽が落ちて薄暗くなってもまだそこにいた。

頭が働かない。

外でカラスが鳴く声がした。

俺は秋の空をくぐり抜《ぬ》けて飛ぶ一羽のカラスの姿をぼんやりと想像した。

*

頻繁《ひんぱん》にもらっていたメールの連絡は一切なくなったし、あの場所で会うこともない。

西園寺さんは、俺だとわかった途端《とたん》冷たくなったし、俺は彼女だと知った途端普通《ふつう》に話せなくなった。

顔を合わせ、名前を知ると言うのはこういうことだ。

まったく知らない相手ならそのまま受け入れられるかもしれないけれど、知った人間だった場合、そこにふたりの人間が生まれる。

どんなに内面を好きで心を許して、そのまま変わらずにいられると思っていても、現実は名前と顔の実体あるほうを優先させて、そちらに意識を合わせてしまう。

意識だけの生き物は実体に殺されてしまう。

俺がひりあちゃんに会うことは二度とない。

ネクラも、ヒリアも、簡単に殺された。

ほかでもない本人達によって。

西園寺さんは俺に腹を立てていた。

彼女はどんな人物を期待していたのだろうか。それは彼女にしかわからない。けれど、俺じゃないことだけは確かだった。

俺はといえば、時間が経《た》つほどに、妙《みょう》に落ち着いていった。

ずっと頭の中で、静かに考えていた。

急に会えなくなったあの子のことを。それから、西園寺さんのことを。

西園寺さんは、友達がいない。

彼女はひとりでも、いつも堂々としていた。だから俺はひとりでいる西園寺さんを〝友達がいない子〟と見たことはなかった。俺は、彼女がそれを気にしているだなんて思いもしなかった。

西園寺さんは、笑わない。

それは、笑う機会がなかっただけだ。

彼女は自分の笑い声につられて笑ってしまうくらい、それから校長が口元についた餡子《あんこ》を指摘《してき》しただけで笑ってしまうくらい、よく笑う子だ。

ボロボロのジャージを着て、歩く姿。友達ができたとはしゃぐ声。早乙女《さおとめ》さんに呼ばれて出ていく彼女の姿。

頭の中に、ひりあちゃんの明るい笑い声が、通り過ぎるように思い出された。

佐倉《さくら》とネクラ、ゆりあとひりあ

◇ヒリア

思い込みというのは恐ろしい。

ほかの男子で同じくらいの符合《ふごう》があったなら、もっと早く気づいていたかもしれない。それだけはないと、はなから除外していたのだ。

それでも、混乱していたとはいえ、さすがに反省した。わたしは一方的に怒りをぶつけて帰ってしまった。冷静になって考えたら佐倉君の言った通り、わたしだと知っていたとは思えない。あれもこれも、そんな演技だったなんてあり得ない。

だからびっくりしたのは向こうも同じだろう。

全てが崩壊《ほうかい》してから、もう数日経《た》っていたのに、わたしはいまだに現実を受け入れられずにいた。

「佐倉、西園寺《さいおんじ》」

放課後、帰ろうとしていると小さな花束を手に持った増田《ますだ》先生が廊下《ろうか》で手招きしていた。

雑用だとしても今はなるべく彼と顔を合わせたくないのに。

「校長先生が盲腸《もうちょう》で入院した」

「え、そうなんですか」

「手術はもう無事終わって、入院している」

「あぁ、よかったです」

増田先生はそこまで言って自分のスマホを出して、病院の場所を表示させた。ここから近い病院だった。

「帰る前にお見舞《みま》いに、行ってきてほしい」

「なんでですか」

「第一に、校長先生は、お前らを気に入っている！」

「はあ」

「第二に、校長先生はしょんぼりしていらっしゃる‼」

「は、はぁ」

「わかったならこのお花を持っていって、元気付けてあげてほしい」

増田先生が半ば強引《ごういん》に佐倉君に花束をぐいと押し付けた。

「え、先生は行かないんですか？」

「俺も、もちろん行くぞ！　行くとは思うが……今日は忙《いそが》しいんだ！」

だいぶ白い目になっていたと思う。

増田先生は追及を逃《のが》れるように「頼《たの》んだ」と言ってスタコラ逃《に》げた。

佐倉君と、お見舞いのお花と一緒《いっしょ》にそこに残された。

ちらりとそちらを見たけれど、堂々としていて、相変わらず目も合わせようとしない。

いつもの、涼《すず》やかで落ち着いた、女子を拒絶《きょぜつ》するような高潔さを身に纏《まと》った佐倉総士《そうし》だった。

はっきりそうと知った今でも、やはりわたしの好きだった人には見えない。なにか大掛《おおが》かりな騙《だま》しに引っかかったような違和《いわ》感しかない。

なんだかムカムカしてくる。

佐倉君が話と違《ちが》い過ぎるのがいけないんだ。この人、嘘《うそ》ばっかりじゃないか。

ぜんぜんネクラ君と違う。手に持った花が無駄《むだ》に似合っているのがまた腹立たしい。

「さ、西園寺さん」

振《ふ》り向いてべえと舌を出した。

「ふん」

ほんの少し彼の表情が崩《くず》れたので小さくうさを晴らした。でもわたしの腹の中の怒《いか》りや困惑《こんわく》はそんなものでは綺麗《きれい》さっぱりはなくならない。

佐倉君の手から花束を奪《うば》い取り、さっさと席に戻《もど》って鞄《かばん》を手に持った。

つい、そっけなくしてしまう。

本当のことを言うと恥《は》ずかしくもあるのだ。

ネクラ君に言ってたあんなこと、そんなこと、佐倉君に言ってたあんなことも、全部知らない人に聞かれてたみたいな恥ずかしさがあって、顔を見られない。

お互《たが》いさまといえば、お互いさまなのだけれど。

下駄箱《げたばこ》で靴《くつ》を履《は》き替《か》えていると、彼もやってきた。そちらを見ないようにして、さっと昇降口《しょうこうこう》を出る。

校門を出て急ぐようにズンズン歩いていると佐倉君に呼ばれる。

「西園寺さん」

「……」

「西園寺さん！」

「なに！」

怒《おこ》って振り向くと曲がり角で立ち止まっていた佐倉君に「道、こっちだよ」と言われる。

今度は彼の少し後ろを歩いた。苛立《いらだ》ち紛《まぎ》れに石ころを蹴《け》る。

石は排水溝《はいすいこう》にからんと落ちた。佐倉君の姿勢の良い背中を睨《にら》みつける。

「ねえ、嘘つき」

「嘘ついてない」

「友達いたくせに」

「あの時はいなかった……あれ、こっちであってるかな」

「バカ！」

八つ当たりのように思いきり怒りをぶつけても佐倉君は怒らない。クールでガードが固い佐倉君だと意外だけれど、温和でモテないネクラ君だと思うとまったく不思議じゃない。

「あ、道あってたよ。西園寺さん」

「……モテないってのは？」

背中にぶつける声に彼はスマホの地図を確認しながらたんたんと答える。

「俺の性格知ってるよね……女の子に囲まれて、なに話していいかわからなくて、無難な相槌《あいづち》は打てるけど……いつもどうしていいかわからなかった。彼女もいたことないし、たまに告白されても性格がバレるの怖《こわ》くて全部断ってた」

そんなの、わかるわけない。ネクラ君はもっと普通《ふつう》にモテない人だと思っていたのに。

本当に腹が立つ。

「何年もあんな状態なら慣れるでしょ！」

「慣れなかった……ていうか酷《ひど》くなった」

なんというか、脱力《だつりょく》する。呆《あき》れてものを言う気が失《う》せる。

空を見上げてむなしき思いをこぼす。

「あーあ、あの時、顔見るんじゃなかったなー」

自分がしでかしたことなのに、思わずこぼした。ほとんどひとりごとのそれに、佐倉君の反応はない。

「見なければ、今頃《いまごろ》まだネクラ君とイチャイチャしていられたのに……」

「お、俺と？」

「違う！」

「でも、俺だし……」

「そうだけど、違うのー！」

また、ぽつぽつ歩く。目的地の病院らしきものが見えた。

「あ、あの病院だよ」

佐倉君が振り向いてそれだけ言ってまた前を向く。その背中を睨みつける。

「返せ！」

「わたしの大好きなネクラ君を返せ！」

「え……？」

「……」

「ネクラ君に会いたい！」

佐倉君が片方の手で顔を隠《かく》した。耳が赤い。

「佐倉君のことじゃないってば！」

「でも、俺だし……！」

「わーかってるよ！　でも違うのー！」

病院に着いたけれど、なんと校長はスヤスヤお昼寝《ひるね》中であった。しかも、さっき寝付いたばかり。

お花を校長の奥さんに預けて、五分もせず外に出た。

◆ネクラ

病院の周りには緑がたくさんあった。

芝生《しばふ》の上を白と黒の模様の鳥がトントンと跳《は》ねるように歩いている。

俺と彼女は、そこを来た時と同じように歩いていた。

「西園寺さんは、どうして怒ってるの？」

相変わらず怒ったような早足で前を歩いていた彼女が立ち止まる。

「なにが」

「ずっと、怒ってるよね」

「……どうしてって……」

彼女は眉根《まゆね》を寄せた。顔が見えない状態ではよく笑うのに、目に見える彼女はいつも不《ふ》機嫌《きげん》そうな顔をしている。

これがネクラと佐倉の差かもしれない。あるいは、西園寺さんと、ひりあちゃんの。

俺と西園寺さんの関係はネクラとヒリアではない。そうだけど、違う。

「俺で、ガッカリした？」

「……」

「俺は、ガッカリしたよ」

西園寺さんは、ほんの小さく息を呑《の》んで、傷付いたような、泣きそうな顔をした。けれどそれは、見間違いかと思うくらいにほんとに一瞬《いっしゅん》で、すぐにこちらを強い目で睨んだ。

「俺はもっと、駄目《だめ》な人間を期待していた。俺と同じくらいに。西園寺さんじゃ、俺は対等でいられない……」

「なにそれ」

「西園寺さんは俺なんて相手にしないだろ」

彼女は睨むような顔でしばらく思考をしていたようだったけれど、やがて、情けないほど呆れた顔でため息を吐《は》き出した。

「意味がよくわかんないんだけど……とりあえず佐倉君のその、自己評価の低さが曲者《くせもの》だったなって、今になって思う……」

「自己評価は、低くない。過大評価されてるだけだよ。昔からずっとだ」

期待されるまま演じて、過大評価される自分を作り上げた。その裏に、醜《みにく》くてくだらない、自分を隠して。

西園寺さんは視線をはずして、怒ったように言う。

「佐倉君はきっと優しいんだろうね」

そうこぼして、足元をかかとでじゃり、とこそいだ。

「わたしは他人の思うようになんて生きてはやらない。愛想笑いもしないし、望まれたお嬢様《じょうさま》なんてやってやらない」

「え、それなら愛想笑いはしたほうがいいんじゃない？」

「なんでよ」

「そのほうが、周りも誤解しないし……素の西園寺さんに近い」

「佐倉君、よく言うね……女の子とうまくしゃべれないとか言ってたくせに」

「西園寺さんにはもう、全部知られてるから。いまさらガッカリされることもないし……」

最初からガッカリされている相手になにを気取ることもない。そう思ったら案外スラスラとしゃべれるのだから、不思議なものだ。

「これ以上嫌《きら》われることもなさそうだしね」

付け加えた一言に彼女はムッとしたように、また睨んだ。

睨んでも可愛いね、とか、今まで浮《う》かびもしなかった、どこかのイケメンみたいな台詞《せりふ》が頭に浮かんで、笑いそうになる。脳内に余裕《よゆう》があると空きスペースに選択肢《せんたくし》がいくつもでてくる。

「言っておくけどわたしは、佐倉君と違ってガッカリなんてしてないし！　……嫌ってもないし」

「え、そうなの？　じゃあなんで怒ってるの」

「……わかんないよ。ずっと考えてるんだけど……すっごいムカつくんだ、騙《だま》されてたみたいで」

「騙してないし、お互いさまだと思うよ」

「うるさいな！　それもわかってるし！　そっちこそ、ネクラ君はそんなこと言わなかったのに……わたしだからって、厳しくしてる」

「そんなつもりはないけど……ごめん」

西園寺さんはどこか決まり悪そうにうつむいた。

気まずくなって、また黙《だま》り込んで、西園寺さんが顔を上げて歩きだすのに続いた。

病院の門を抜《ぬ》けたところでまっすぐ進む彼女に声をかける。

「西園寺さん、どこ行くの？」

「帰るの！」

「そっち学校だよね。帰るなら駅はこっち……なんだけど……」

「……っ！　バカー!!」

頭に血が昇っているのかもしれない。西園寺さんが怒《いか》りの形相でこちらにずんずん戻《もど》ってきた。

美少女の怒った顔は迫力《はくりょく》がある。怖い。

西園寺さんは目の前まで来て、俺の胸をバンと叩《たた》いた。

「佐倉君が！　佐倉君が悪い！　バカ！　どこの世界に休み時間ほとんど女の子に囲まれてるモテないやつがいるの！」

猫《ねこ》パンチみたいなものをぱしぱし浴びせながら怒りで目に涙《なみだ》まで浮かべている。

こうなると俺のようなやつは何も言えない。

申し訳ない気持ちでいっぱいになる。

ぱしぱしと連続して叩かれる力ないそれが、すっかり収まって、彼女がうつむいて黙っていることにもしばらく気がつかなかった。

はっと意識が現実に戻って、彼女を見た。

もしかしたら激昂《げきこう》して泣いているかもしれないと思った彼女は下を向いたまま、足元の芝生に落ちている石を、つま先でコロコロするのに集中していた。

小さな風が通って、近くにいたはずの鳥はいなくなっていた。

やがて、押し殺したような声で「ごめん」と聞こえた。

ひりあちゃんと話していた時には、一度も聞いたことのなかったような声。

「わたしは、佐倉君にガッカリなんてしてない……でも、ずっと知らない人、面識のない人だと思っていた」

「……」

「まったく知らない人と話しているつもりだったから……盗《ぬす》み聞きされてたみたいな気持ちみたいのもあって……恥《は》ずかしくて……」

「……」

「もしかしたら、楽しい遊びが終わってしまったから頭にきたのかもしれない。頭にくるっていうか……すごく……悲しい気がする」

楽しい遊び。そうかもしれない。

自分のことをさらけださずに、もっと深い部分だけを聞いてもらえる、無責任な関係。

「自分で壊《こわ》したのにね」

彼女は自嘲《じちょう》的に言って、泣きそうな顔をした。

◇ヒリア

佐倉君は周りの望む自分を演じていたという。

だけど、演じきれていなかったとも。特に、女の子の望む自分はぼんやりとしか浮かばず、結果やたらガードの堅《かた》い人間ができあがった。

だから彼は余計に周りとうまくしゃべれなかった。

自分で自分をどんどんがんじがらめにした。

わたしは、そんなつもりはなかった。

誰《だれ》がなにを思おうと、わたしはわたしだし、そんな周りに合わせてあげるようなメンタルでいたなら、あの家で育ったわたしがこんな風になるはずがない。

じゃあなぜ、そのままで、他人と接しようとしなかったのか。

普通《ふつう》にしていてもよそよそしい態度しかとられなかったから。

それを壊していけるほどの社交性はなかったから。人見知りだったから。

結局、怒《おこ》って諦《あきら》めていた。わたしというものを勝手に誤解してわかってくれないような人達に、なぜわたしがこちらから自己開示して歩み寄らなければならないのか。今まではずっとそんなことなかったのに。周りが悪いんだと思った。

誰だって話してみなければ、その人がどんな人かなんて、わかりはしない。

その機会を作ることに対してわたしは消極的で、自信がなかった。そして、怠惰《たいだ》でもあった。

わたしがその気になりさえすれば、いつだって世界は変えられたかもしれない。

だってわたしは既《すで》にひとつ、その殻《から》を破っていたのに。

傍《かたわ》らの友人を見て、お弁当のカニクリームコロッケをごくんと飲み込む。

「まなみん、まなみんに言っておかなければならないことがあります」

中庭。目の前でいちごオレ片手にメロンパンを頬張《ほおば》るまなみんに、神妙《しんみょう》な声を出した。

「なんだ？　なんでも言えよ！」

「わたしの好きだった人、どうやら佐倉君だったみたい」

まなみんが飲んでいたいちごオレを勢いよく噴出《ふんしゅつ》した。なにかの芸みたいだった。

「まなみん、佐倉君好きだったよね？」

まなみんは目を白黒させながら片手をぶんぶん振《ふ》って、もう片方の手で胸を叩いた。

「あ、いや、それは気にしなくていい、げふっ、それよりど……げふっげふっ」

まなみんの背中をさする。ものを詰《つ》まらせたわけでもないのに胸を叩くのは無意味だが、彼女も混乱しているようだった。

友達がいなくてモテないはずのわたしの想《おも》い人。なぜそれが正反対の佐倉君になってしまったのか。わたしとしてもしっくりこないが、事実なのだから仕方がない。

まなみんの咳《せき》がおさまって、ふたりで青空の下、しばらく黙っていた。

チヨチヨと鳥の声が聞こえて、あたりを見まわす。

「なるほど。出来心で顔を見たら佐倉君だったと……」

「うん」

「で、とりあえず……なにが問題なんだ？」

「え？」

「さいちゅんは相手がどんな人でも、変わらずネクラっちが好きなんだろ。そう言ってた」

「そ、そうは言ったけど……まさかあんな……逆方向にこられるとは……わたし、モテる人ちょっと苦手なんだよね」

「アタシはさいちゅんのこと、美人で悩《なや》みなくて、お気楽なやつだと思ってたよ。それって逆差別みたいなもんだろ。同じことすんなよ」

「う、うん」

「じゃあなにがいけないんだ？」

「まなみんだって、好きなんでしょ。でも彼女になる気はないって……」

「アタシとアンタは違《ちが》うだろ。アタシはほんのちょっとの関わりで憧《あこが》れただけだ。アンタはきちんと話して、内面を好きになったんじゃないのかい？　それを容姿がよかったからって……」

「容姿がいいのがいけないってわけでもないんだ。知らない人だと思ってたから……なんか一致《いっち》しなくて」

まなみんがふん、と漢《おとこ》らしい表情で息を吐《は》いた。

「まぁどうしても受けつけないなら、そう言うとして、佐倉君にはちゃんと謝れよ」

まなみんがわたしを真正面から睨《にら》みつけてポキポキと指の骨を鳴らす。

「まなみん、それ……骨に悪くないかなあ……」

「アタシは不当に佐倉君を傷つけるやつには友達でも容赦《ようしゃ》しないよ……」

「はは……」

「笑いごとじゃねえぞ。アタシは本気だ」

「……肝《きも》に銘《めい》じます」

＊

お昼休みのチャイムが鳴った。

教室はいつも通り賑《にぎ》わっていて、わたしは机に顔を突《つ》っ伏《ぷ》して、ずっと考えていた。

ネクラ君は、すごく飾《かざ》らない人で、佐倉君は飾りすぎる人だった。

だから、一致しない。そのふたりはわたしにとって、同一ではない。

わたしは今まで、佐倉君のことは別に好きではなかった。

見た目は綺麗《きれい》だと思うけれど興味はわかない。だからそれを急に好きにはなれない。

なる必要もない。でも、ネクラ君のことは好き。これがわたしを混乱させる。

だけど、そのときふっと思った。

佐倉君を基準にする必要はない。

わたしはネクラ君が好きで、たくさん話して、大好きになったネクラ君の見えなかった一面なら、できるかぎり許容したい。

佐倉君の影《かげ》に隠《かく》れて見えない部分。それがネクラ君なんだと思っていたけれど、見方を変えるとネクラ君の一部が、佐倉君だった、それだけかもしれない。

突然《とつぜん》消えてしまったわたしの好きな人は、ずっとそこにまだいたかもしれない。

そして、わたしに新しい顔を見せてくれた。

その思いつきは、なにも変わっていないのに、わたしをわくわくさせるものだった。

わたしは顔を上げてネクラ君を探した。

いない。

彼もきっと、モヤモヤしている。彼だってきっと、西園寺ゆりあが好きだったわけではないのだから。

本当にひとりでゆっくり考えたいとき、彼は「用事がある」と謝って、決してその後を追わせない。

立ち上がって教室を出た。

教室からは少し離《はな》れている、少しへんぴな位置にあるその場所にわたしは向かう。

扉《とびら》の前でそっとノブをひねる。

キイ、とドアの軋《きし》む音がする。ゆっくりと静かに扉を閉めた。

埃《ほこり》っぽい空気が肺に流れ込む。

入口から見える本棚《ほんだな》、その裏側のエリア。

締《し》め切った小さな窓から外を覗《のぞ》き込むようにして、彼はそこに立っていた。

窓の外の空は水色。雲はあまり見当たらない。風のない静かな午後が窓に縁取《ふちど》られていた。

ネクラ君はわたしが入ってきたのにぜんぜん気づかなかった。動きもせずにぼうっとしている。

その背中をしばらくぼんやり見つめる。

なんだ。ずっと、ここにいたんだ。

ネクラ君だ。思っていた人と少し違った部分もあったけれど、それでもこれはわたしがずっと話したネクラ君なのだ。

わたしはやっぱりネクラ君のことが大好きだ。今でもずっと会いたいと思っているし、変わらず恋《こい》をし続けている。

だから佐倉君のことも、もしかしたら大好き、なのかもしれない。

大きく息を吸って吐く。

その後ろ姿は、ずっと探していた彼が、そこでぽつんとわたしを待っていたかのように感じられた。

だからわたしは、まるで長く待たせた人に会いにきたような気持ちで、後ろから近づいてそっと抱《だ》きしめた。

◆ネクラ

空は青かった。

ずっと続けていた友情や恋愛《れんあい》、秘密の関係があっけなく壊れた後も、空はなにも変わらずそこにあった。

姿形のなかったものに絵がついたのに、そのせいで元の形が消えてしまった。

でも、消えたわけではなく、もともとその形であったものを誤解していただけだ。

長く続けていた思考も、ようやく行き止まりまで辿《たど》り着いた。

この先は相手のあることだから、ひとりで結論を出すことはできない。

だからもう俺にすることはない。ぼんやりするばかりだった。

窓の外に視線をやっていたけれど、別になにも見ていなかったし、周りの音だって聞こえていなかった。窓枠《まどわく》に頬杖《ほおづえ》をついた俺は、なにも考えていなかった。

そうしていると突然柔《とつぜんやわ》らかな感触《かんしょく》が背中に張り付いて硬直《こうちょく》する。

くすくす笑うような声がして、誰だかわかる。

「ひ、ひりあちゃん？」

思わずそちらで呼んでから、てことは西園寺さんじゃないかと青くなる。

「こうやって、顔も見なければ、やっぱりネクラ君だね……」

西園寺さんはそう言ってますます力を込めて抱きしめてくる。

「え、でも俺佐倉だけど」

「でも、ネクラ君だよね？」

「うん。そ、それはいいんだけど、この体勢は……」

「悪い？ だってわたしずっとネクラ君に触《さわ》ってみたかったんだよね……なんかこう、実在してる感じがする……」

「っ、でもっ……」

「わたしっ！ なんだかんだ言って、いまだにネクラ君のこと好きなんだよね……」

かぶせるように言われた前半部分と違い、後半はゆっくりと落ち着いた声音《こわね》だった。

ほんの少し間があって、もっと小さな、どこか自信のない声で「……ネクラ君は？」と問われる。

俺は当たり前に答えを知っている。

長い思考の果てに辿り着いた答えは、やっぱり最初と変わらなかった。

そのことに安心もした。

自分にとって都合のいい部分を抜《ぬ》いた彼女のことを、俺はやっぱり好きだと思った。

それに、俺が認められる理由として必要とした〝不完全さ〟が彼女になくても、あの時俺を受け入れてくれた事実は、変わらない。

「俺も……」

それだけやっと言って息を吐くと、背後でも詰めていた息を吐く音がした。

どちらもが会話のボールを受けようとしたような沈黙《ちんもく》があった。

彼女が、俺の言葉に先がないことに気付き、口を開く。

「俺も……の続きは？」

背伸《せの》びしているのだろうか、耳たぶに湿《しめ》った息がかかるくらいの近さで、声が耳に吹《ふ》き込まれる。

「お、れも……」

思考が停止して、言葉はいつまで経《た》ってもそこから進まなかった。背中にあたる柔らかな体温と、耳をほんの少しくすぐる髪《かみ》とその香《かお》り、息の感触、そんなもののせいで油断するとなにを言おうとしていたのかすら忘れそうになる。

「とりあえずいったん離れて……」

「えー、わたし達一応両思いなんだからよくない？」

「そういう問題じゃない……」

「やだ」

「ひ、ひりあちゃん……」

ひりあちゃんは抱きつく腕《うで》を緩《ゆる》めないどころか、甘えるようにさらに身を寄せた。

だから身体はぴったりと、ゼロセンチメートルの距離《きより》のまま。俺の手はさっきからずっと、そこに固定されているかのようにガッチリと窓枠を摑《つか》んでなにかに耐《た》えていた。

後ろからまたくすくす声が聞こえる。

「もう、ひりあちゃんじゃないなー」

「え、西園寺さん？　そっちで呼ぶと余計緊張《きんちょう》するんだけど」

「うん、じゃあ、間をとって……」

「あ、間って？」

「ひりあにちなんで、ゆりあちゃん、はどうかなぁ」

「……」

「ネクラ君。呼んでみて、呼んでみて」

「ひ」が「ゆ」に変わるだけだというのに、なんだこの緊張は。

「ゆ、……り、あちゃ、……ン」

「なんか呪《のろ》いの人形に呼ばれてるみたい……ぶふーっ」

西園寺さんは俺の背中に顔をつけて爆笑《ばくしょう》した。俺を捕《つか》まえる腕はそのままなので、一緒《いっしょ》にカタカタ揺《ゆ》らされた。

顔が見えないのもあるけれど、その笑い上戸《じょうご》な感じはすごく、ひりあちゃんだった。

「お、っ、俺は？」

「ネクラ君にちなむと、佐倉君だね」

「……」

「あれ？ 不満？」

「なんか、ズルくないかな……」

「そうかなぁ。じゃあ……総士君！」

「……ッ、ゴ、李ガブ、っ具ふぉ」

「わ、どうしたの、総士君。背中さすろうか？」

自分で不満を表明したくせに、その後の衝撃《しょうげき》に無警戒《けいかい》だった。

ちょっと想像すればわかることなのに。アホか！ 俺！

「俺は……佐倉とかネクラとか粗大《そだい》ゴミ太郎《たろう》とかでいい……です」

「佐倉君、ほんとにネクラ君なんだねぇ」

すぐにくすくす笑うその感じはものすごく馴染《なじ》み深い。

「ひりあちゃんも……本当に西園寺さんだったんだね……」

「うん。ねえ、顔が見えないと、結構前の感覚つかめるね！」

確かに声だけだと、そこにいるのはやっぱりひりあちゃんでしかない気がしてくる。

「そうかも……」

「これからはいつもこうやって話そっか！」

「理ギォっ市ユ！」

絶対無理！

思わず窓ガラスに頭をガン、と打ち付けた。

「わ、大丈夫《だいじょうぶ》？」

正気を取り戻《もど》すには足りなかったので、さらにゴン、ゴン、と打つ。

「ネクラ君？」

うっかり呼び名が戻っていてよかった。

もし今真名《しんめい》のほうで呼ばれていたらガラスが割れていた。そして割れたガラスから意識が抜けて成仏《じょうぶつ》していた。

「ね……顔見て話す？」

顔を見たら見たで、緊張するのはわかりきっている。

「……いい」

「……じゃあこのまま話そ」

「エッ……このまま？」

わかってやっているのだろう「いしし」と悪い笑い声が聞こえた。そして、いつものように自分の笑いに誘発《ゆうはつ》されてまた笑う。

ひとしきり笑い終えた彼女がふうと息を吐《は》く。

「わたしね、今までずっと、周りにわかってもらおうとしてこなかったんだ。わたしはわたしなのに、勝手に誤解するほうが悪いって」

「……うん」

「だから、わたしはもう少し、自分から人に話して、本当はこんな人だよって、見せていこうと思うんだ」

「うん」

「佐倉君は、イメージを崩《くず》すのが怖《こわ》いんでしょ」

「うん」

「じゃあ、一緒にぶち壊《こわ》さない？　そしたらすごい楽になるよ」

「どうやって？」

「あのね……」

唇《くちびる》が耳にあたるくらい近くで、ごにょごにょと可愛い囁《ささや》き声を吹き込まれて、意識が揺らいだ。うわ、いま唇が、耳たぶに約二秒くらいの間一ミリくらい当たった気がする。

「……どうかな」

「ごめん、体勢のせいでまったく頭に入ってこなかった」

彼女が「しょうがないなあ」と言ったので、ようやくこの甘い拷問《ごうもん》が終わるかと期待していると、また、同じような位置でごにょごにょと息をかけてくる。

だから、何度やってもそれじゃ脳に言語が届かないというのに。

そもそもふたりしかいないこの小部屋で、囁く必要はまったくない。

ちょっと不満げな「むー」という唸《うな》りと共に、ようやく身体が腕から解放された。

「えーと、だからあ、手を繋《つな》いで教室帰ろって言ったの」

くらり、身体が揺れて床《ゆか》に落ちた。スローモーションのように、天井《てんじょう》が遠くなる。

頭上にごいーん、ごいぃーんと耳鳴りのような音がして、それが昼休みの終わりを告げるチャイムだと、意識の端《はし》で気づいた。

「ごめん……むり。先に帰って……」

やっとの思いでそれだけ言うと、目の前に西園寺さんがしゃがみこむ。

「うーん、駄目《だめ》だねえ、総士君」

「西園寺さんはわかってない……」

佐倉総士もネクラも、標準的ないやらしい男子高校生ではあったが、その点については
ふたり揃《そろ》って全力で隠《かく》していた。そこに無理解な美少女は、暴力的ですらある。

「わかってないなら、教えてよ」

「無理」

「わたしが期待するのは、佐倉君とネクラ君の、ありのままだよ」

なんと言われようともこの部分をさらけ出したらどうせ殴《なぐ》られる気しかしない。無理。

この人絶対そっち方面免疫《めんえき》ないし。

西園寺さんは立ち上がって、うーんと伸《の》びをした。

「今日はここで諦《あきら》めるけど、このままですまされると思うなよ！」

西園寺さんは悪者みたいな台詞《せりふ》を可愛い声で吐いて、くすくす笑って扉《とびら》を出た。

俺、なんかとんでもない子好きになった気がするけど、気のせいかな。

気のせいだといいな。

ネクラ君の一部である佐倉君を受け入れて同化させてしまおう。

考え方を変えたらすごく楽になった。

せっかく芽生えたネクラ君への気持ち、それをなくしてしまう必要がなくなったのがなにより嬉《うれ》しかった。恋《こい》をしているのは、楽しい。

◇ヒリア

休み時間、女の子達が佐倉君を囲んでいた。

いつも、ほとんど女の子同士でしゃべっていて、彼は頷《うなず》いているだけではあったけれど、なんとなく、彼がいるのといないのでは、場の華《はな》やかさや活気が違《ちが》う。

佐倉君はいつも通り、落ち着いた顔で中央に立って、たまになにか聞かれた時だけひとこと、ふたこと返している。慣れたものだ。

しかし、ネクラ君だと思うと必死に対応しているようにしか見えない。

でも、なんだろう。佐倉君が囲まれているのはどうでもいいんだけど、ネクラ君だと思うとすごく、なんというかすごく……。

モヤモヤした気持ちで席を立ち、現場に乗り込んだ。

「佐倉君、増田先生が呼んでる」

ぱっと顔をあげた佐倉君は「わかった」と言って輪《ぬ》を抜ける。こうやって見ても本当にこの人は内面があんななんて感じさせない。ポーカーフェイスだけはうまいのだろう。だからろくな返答を返してなくても〝ガードが堅《かた》い〟とか言われるだけ。

教室を出て職員室に向かおうとした彼の背中に言う。

「佐倉君、こっちだよ」

少し行った渡《わた》り廊下《ろうか》の途中《とちゅう》で彼が立ち止まる。

「……どこ行くの？」

「図書室」

「増田先生は？」

「嘘《うそ》だよ」

「……」

佐倉君はぽかんとした後、無駄《むだ》に赤くなって口元を片手で隠した。

この人本棚《ほんだな》の向こう側でこんな顔していたんだ。図書室だと妙《みょう》な間があるだけで、よくわからなかったけど。

佐倉君のイメージだとこんな時は困ったように眉《まゆ》を寄せて、苦笑い、とかかな。ネクラ君と比べるとマイペースで余裕《よゆう》のある感じ。でも、この反応はやっぱりネクラ君。そうやって、油断すると乖離《かいり》しそうになるイメージをその都度一致《いっち》させる。近づけていく。

「あれ？　嫌《いや》だった？」と聞けばかなり視線を逸《そ》らした挙句に小声で「うれしい」と伝えてきたので、わたしことひりあちゃんのことは一応好きらしい。わたしこと西園寺さんのことが好きかはわからない。

わたしも、ネクラ君のことはずっと好きだし、佐倉君のことはまだよくわからないままだ。でも、名前も顔も知って話しかけられるようになったのだから、やっぱりそこは悪いことばかりではないと思いたい。

渡り廊下の途中、きょろきょろと周りを見回して、小声で言う。

「佐倉君、背中向けて」

背中合わせになるのは、顔が見えないようにするため。

「さく……ネクラ君」

言い直したのは、断られないための、願掛《がんか》け。

「はい」

「日曜日、空いてる？」

「……」

「あの、どこか……ふたりで」

「……」

背中合わせには難点ももちろんある。表情が見えなくて、黙《だま》られるとなにもわからない。安心するためでもあったのに、不安になってくる。背中を合わせていても、そこにいるのが佐倉総士だとわたしはもう知ってしまっている。

わたしと両思いだったネクラ君は、姿を変えてしまって、もう以前の形では存在しない。ネクラ君に比べると、佐倉君はなぜだかやっぱりガードが堅い感じがする。でもそれは、佐倉君だからとかでなく、もしかしたら実体に会ってしまえば誰《だれ》でも同じだったかもしれない。

「あ、バイト……とか……」

沈黙《ちんもく》に耐《た》えられなくなって、さっそく逃《に》げ道を用意する。

ひどく元気のない声になってしまった。

「……なくても、家の手伝いとか、あるよね……」

「空ける」

かぶせるように掠《かす》れた声が返ってきた。

「……う……うん」

安心して頰《ほお》が少し緩《ゆる》む。

「よかった……」

「えっ」

「断られるかと思った……」

「なんで⁉」

なんでって、そんな黙られたら……と思ったけれど、冷静に思い返すとネクラ君はこういうところが前からあった。

「さい……ひりあちゃん」

「は、はい」

佐倉君は呼んでおいてまた黙りこくる。

それからはー、と深く息を吸って吐く音がして、また黙った。

「い、一回しか言える気がしないから、聞き逃《のが》さないでほしいんだけど……」

「うん、がんばる」

このタイミングで突然《とつぜん》花火が打ち上がることもないだろう。

それでも聞き逃さないよう耳をすませる。

「俺は、ひりあちゃんが好きだけど……」

「……わ」

ネクラ君が、ネクラ君が好きって言ってくれた。すごい。すごいがんばった。嬉しい。

でもまだ途中だ。声が出そうになったのを慌《あわ》てて手のひらで押さえた。

「俺、は、西園寺さんのことも、きっと好きになる」

「……」

「割と簡単に……」

恥《は》ずかしいけど、嬉しい気持ちがわいた。

ネクラ君が、ひりあだけじゃなくてゆりあも好きになれそうなら、嬉しくないはずがない。

だけど、恥ずかしすぎていたたまれない気持ちになって、思わず走って逃げようかと思った。でも、それはさすがに、と思いとどまる。

せっかく思いとどまったのに……。

佐倉君が全速力で逃げた。

自慢《じまん》の脚力《きやくりよく》を使い、風のように。

ネクラとヒリアが消える時

◆ネクラ

その晩俺は枕元《まくらもと》のスマホの前で土下座寸前の体勢で身悶《みもだ》えていた。

『日曜日なんだけど、総士《そうし》君行きたいところある？　なければわたしの行きたいところでもいい？』

ひりあちゃんが、俺の名前を、正式名称《めいしょう》を日本語入力している事実に悶絶《もんぜつ》した。

西園寺《さいおんじ》さんが入力してると想像してもおののく。

あまりにイメージとかけ離《はな》れていたのでなかなか一致はしないものの、俺はもともと女の子ならばみんな可愛いと思うし、だいたい好きになれるポテンシャルのある男だった。

西園寺さんなんて、むちゃくちゃ可愛いし、その気になれば三秒ぐらいで好きになれる。

ただ勝手に、西園寺さんに片思いするのは簡単だけれど、付き合ったり関わったりは絶対無理だと思い込んでいた。その『無理』に根拠《こんきょ》はない。よく考えてみたら中身はひりあちゃんなんだし、向こうさえよければなにも問題はない。

＊

約束の日曜日がきた。

場所は俺の住む街の隣《となり》の駅になった。彼女が選んだのだ。そこはまだ未探索《たんさく》であるというのと、彼女の好きな牛丼《ぎゅうどん》屋チェーンがあるとの理由だった。

なので、待ち合わせから五分後には牛丼屋を目指して歩いていた。

やたら高そうなワンピースを着用していた西園寺さんは今日も輝《かがや》いていた。

牛丼屋は駅近くにあるのですぐなのだけれど、彼女はやけにきょろきょろしている。

「あ、わたしの中学、禁止だったから」

「牛丼が？」

「牛丼っていうか、生徒だけで飲食店入るの」

「あぁ、中学だとね」

「高校でもそうだと思うよ。アルバイト禁止みたいだし」

「お嬢《じょう》様学校だ」

そうこうしているうちに店の前に着いた。

前を歩いていた西園寺さんが隠《かく》れるように俺の後ろにまわる。

「……佐倉《さくら》君、先に入って」

西園寺さんがなにやら緊張《きんちょう》している。ためらいは人一倍だが、はやる気持ちもあるらしく、背中をぐいぐい押してくる。ちょっと笑いそうになるのを噛《か》み殺して中に入った。

なんの変哲《へんてつ》もない牛丼屋。午前中の早い時間だったせいか、店内はまだガラガラだった。

西園寺さんは真剣《しんけん》な顔でメニューと向かいあった。

「佐倉君、もう決めたの？」

「うん、牛丼関係しかないし……」

「もっとこだわったほうがいいよ！　すき焼きとかもあるんだよ？　豚汁《とんじる》は？　豚汁はつけないの？」

「じゃあつけようかなあ……」

「佐倉君！　真剣さが足らないよ！」

「は、はい」

かくして、ほかほかの牛丼が目の前に置かれた。西園寺さんが満面の笑みになる。

学校でも、彼女の机の上に牛丼を置いておけば、友達もすぐできるだろうと思わされる笑顔だった。しかし、周りの男子が机を齧《かじ》りだしそうな危険な笑顔でもあった。

「いただきます」

西園寺さんが手を合わせて、牛丼を拝んだ。俺もお箸《はし》を取って、牛丼をつまむ。

変哲のない牛丼の味だった。別に嫌《きら》いじゃないが、感動するようなものでもない。

しかし、西園寺さんが食べながら相好を崩《くず》し、「美味《おい》しいねえ」などと同意を求めてくるので、激しく頷《うなず》かざるを得なかった。なにやら口の中のモノが輝く物質と化した。すごいものを食ってる気がする。

西園寺さんは食べるのがあまり早くはないので俺は先に食べ終わり、彼女の食事姿を正面から凝視《ぎょうし》するのもはばかられて、紅ショウガの瓶《びん》を激しく睨《にら》みつけていた。

それでも気になってふと顔を見てしまう。

西園寺さんはちょうど食べ終わってお茶を飲んだところだった。

「さい……お」

「え？」

「なんでもない」

「え、言ってよ。なんか気になってムズムズしちゃうじゃん」

「うん……えっと……口の横に……」

米粒《こめつぶ》。なんだけど。

こういうの、言っていいものかな。女子に鼻毛出てるよとか言うのは駄目《だめ》とか言うし、でも米粒と鼻毛は違《ちが》うし、と煩悶《はんもん》していた。

「えっ、そんなこと？　早く言ってよぉ」

西園寺さんは米粒がついているのとは反対側の頰《ほお》に指を寄せた。

「反対側だよ」

「え？　このへん？」

「違う、もっと下」

「んー？」

「上すぎる……そうじゃなくてもう少し口の横の……」

言いながら、なかなか伝わらない言葉にもどかしくなって指を伸《の》ばす。

「ここに……」と言ったところで我に返った。

俺は……なにをしているんだ。

伸ばした指のすぐ横に、触《ふ》れられる距離《きょり》に西園寺さんの白くてふっくらとした頰が、小さくて形のいい唇《くちびる》があった。彼女はきょとんとした顔で俺を見つめている。

時間が止まったかのように感じられた。

進むことも戻《もど》ることもできなくなってしまった指を虚空《こくう》でぴったりと停止させていると、西園寺さんの白い頰がわずかに赤味を帯びていく。

「あの……佐倉君……」

「えっ」

「や、やるなら……早くして」

そんなことそんな顔で言われたら、余計に意識して緊張するじゃないか。

でも、やるしかない。それも速《すみ》やかに。

「せいっ！」

指先に全神経を集中させて、なるべく皮膚《ひふ》に触れぬよう、ものすごい速さでピンポイントに米粒をピックアップ。動揺《どうよう》のまま米粒の処理に迷い、手近にあった自分の口に放り込んだ。

「わぁあ、佐倉君なにしてんの！」

「え、あっ！」

しまった。ピピーッと高い笛の音が聞こえて『変態発見！　へんたいへんたいキモキモモー』と言いながら藁子《わらこ》ちゃんが登場した。

「ごめん！　ごめん！　申し訳ありません！」

心中白目を剝《む》きながら激しく謝罪を繰《く》り返す。

西園寺さんは「いいけど……」と言って呆《あき》れた顔でため息を吐《つ》いたあと「すごいバカッ

プルみたいじゃん……」と小声で言って、顔を上げる。

目が合うと、仕方ないなぁ、といったような顔でくすくす笑った。

すごい。花が咲《さ》いたみたいに可愛い。可愛い。気を抜《ぬ》くと丼《どんぶり》をガリガリ食べそうになるくらい可愛い。

「可愛い……」

思わず口からだだ漏《も》れた言葉に、西園寺さんが真顔になり、またちょっと赤くなった。

俺はテーブルに顔をガツンと伏《ふ》せた。自分の顔面のほうがもっと燃えたぎる赤、血のような赤に染まっている自覚があったからだ。

「……ごめん」

「なんで謝るの」

「なんとなく……」

「出よっか」

西園寺さんは、口元を緩《ゆる》めて小さな息を吐《は》いた。

店の外に出ても、早い時間だったのでまだ午前中だった。これからなにをどうしていいのやらわからない。薫子ちゃんとミーティングをしたけれど、まったく成果はなかった。

「女の子って、デート中何キロまで歩けるの……」

「え、キロで考えたことなかったけど、人と遊び方によるんじゃないの？」

「それはそうだけど、一般的《いっぱん》には」

「普通《ふつう》の子は一キロくらいかな」

「す、少なッ！」

「一キロ未満の子もたくさんいそうだけど……わたしは割と歩くの好きだから……うーん、七・五キロくらいはいけるよ！」

七・五……。七・五⁉

脳裏《のうり》を藁子ちゃんがカサカサーと横切った。

「とりあえず探索したいな、歩こう」

西園寺さんは言ってさっさと歩きだす。

けれど、すぐに振《ふ》り向いて立ち止まった。

「ネクラ君……総士君」

「はい」

「手、繋《つな》ぎたいな」

反射的にゴシゴシしようとした手をぱしんと掴《つか》まれる。

「やっぱりネクラ君好きだなぁ……」

西園寺さんが小声で言う。道端《みちばた》でぶっ倒《たお》れそうになるからやめてほしい。

それにしても手、小さい……。握《にぎ》り潰《つぶ》せそうに小さい……。

小鳥を手のひらに載《の》せてるみたいな不安感すらある。

「佐倉君もわりと好きになってきたけど、やっぱりネクラ君が好き」

「……嬉《うれ》しい」

「嬉しいの？　ちょっと失礼かなって思ってたんだけど……」

「うん嬉しい」

佐倉総士は俺と周りが作ったもので、俺の本体はネクラに近い。

ずっと自分が認められなかった部分のほうを好きと言ってくれる。

それは、ものすごく嬉しいことだ。

「佐倉君は、もう一致《いっち》した？」

「……まだ」

「わたしも」

俺の中のひりあちゃん像と西園寺さんは、なかなか一致しない。

ひりあちゃんと似てるような部分はたくさん見つけるけれど、そこまでだった。

だから俺はそこはかとなく、二股男《ふたまた》のような後ろめたさと罪悪感を抱《かか》えていた。

しかし、デート自体は心配していたような酷《ひど》いことにはならなかった。

西園寺さんは普段からひとりで遊び慣れているのか、俺がいても気にせずその延長で遊んでいるようだった。

彼女はあそこが見たいこちらに行きたいと言って話しながらそちらに移動する。少し黙《だま》っている時も、別に会話を期待している感じではなかったので気まずくもならなかった。

「佐倉君、見て見て」

彼女が指差すコンクリートにはくぼんだ猫《ねこ》の足跡《あしあと》があった。コンクリートが固まる前に猫が乗ってしまったのだろう。彼女はそれを糞真面目《くそまじめ》な顔でスマホの写真におさめて、またふらりと歩きだす。

城下町に冒険《ぼうけん》に乗り出した好奇心《こうきしん》旺盛《おうせい》なお姫《ひめ》様のつきそい。

そんな気の抜けた感じが俺をだいぶ楽にさせた。

本屋さんに入って、上の棚《たな》を眺《なが》めていた西園寺さんが周りを見まわしてから、気づいたように俺に言う。

「佐倉君、あれ取って」

「どれ？」

「あれ。どすこい☆ちゃんこ大全」

「あぁ……」

踏《ふ》み台が遠かったので俺に言ったほうが早いと思ったらしい。

手を伸ばすと少し近付いた彼女の髪《かみ》から、ものすごくいい匂《にお》いがした。

この匂い。男じゃない。

え？　女の子？　俺今何してる⁉　女の子と、ふたりで？　やばい。狂《くる》いそう。

いや、これはいい匂いの男だ。

男なら大丈夫《だいじょうぶ》。男大好き。頭で唱えて本を渡《わた》す。

「ありがとう。表紙が見たかったんだ」

彼女は言って、そして本を確認してけらけら笑った。

「この表紙可愛い。ねえ、可愛くない？」

お腹を抱えて笑いながら見せてくる。

表紙はエプロン姿のお相撲《すもう》さんだったので、可愛いというか、ホンワカしたけれど、西園寺さんはそれがとても気にいったらしく結局購入《こうにゅう》していた。

◇ヒリア

佐倉君と、ふたりで歩く。

通りがかった公園の奥に夏休みに会った時の遊具に似たものがあった。

あれよりはだいぶ小さいし、中に仕切りもないけれど、石でできた半円の中に入れる遊具。上部は滑《すべ》り台になっている。

時刻は午後四時。陽が落ちてきていた。

「ね、あれ、寄ってこう」

そちらをパッと見た佐倉君が怪訝《けげん》な顔でわたしを見て、もう一度遊具を見て、わたしを見た。

「え？」

「あれ、なんかほら、夏休みに会った時のやつと似てるし」

「え？　え？　遊具って、寄ってくようなもんなの？」

「うん」

即座《そくざ》に頷《うなず》いてそちらに向かう。

「無理無理無理、やめとこう」

軽い気持ちで誘《さそ》ったのに激しい拒絶《きょぜつ》にあった。

「え、なんで」

「あれ小さいし、俺は無理」

「無理ってなに？　ふたりぐらい入れるよ……お相撲さんなら……ひとり用だけど」

「やめておいたほうがいいよ」

いつになくきっぱり言い切った佐倉君が激しく首を横に振る。

「うるさいな、もう決まり」

手首を摑んでぐいっと引っ張ってそちらにズンズン進む。

「やめて！　俺好きな子とあんな狭《せま》いとこ入るの無理だって！」

「嫌《きら》いな子よりいいでしょ」

「駄目《だめ》！　俺がキモいし藁《わら》がはみ出る誤射璃具lesh！」

ついにアルファベットまで混じり出した佐倉君を無視して遊具の入口を覗《のぞ》き込む。

中に入ると思った以上に狭かった。座っていれば空間は少し余るけれど、立ち上がることはできない。ふたりでもう満員。壁越《かべご》しじゃない隣《となり》が新鮮《しんせん》。

夏に遊具に入った時とは違《ちが》った。季節が流れたせいか中はひんやりしていて、少し湿《しめ》っぽく、土の匂いがして、静かだった。

「わー、声が響《ひび》く。わー！　あー！」

ひとしきりはしゃいで隣を見ると、佐倉君が自らの膝《ひざ》に顔を埋《うず》めていた。

なんて暗い子なんだ……。彼女とデート中に根暗だ。

「佐倉君」

脇腹《わきばら》をつんつんしてみる。

「総士君」

呼び方を変えたら一瞬《いっしゅん》びくっと揺《ゆ》れたけれど、なおも顔は上げない。

「校長室で、なんで距離《きょり》あんなに空けたの？」

少し距離を詰《つ》める。

「……西園寺さんが嫌《いや》そうにしてたから……」

「ふうん……」

頭を佐倉君の肩《かた》にのせてみる。石像のようにぴくりともしなかった。

「なんだよ、なんでそんな落ち込んでるの」

「落ち込んでない。デリケートな問題だから、少しそっとしておいて……」

「やだよ。どこの世界にデート中に放置されたがる人がいるんだよ……」

腕《うで》を引っ張って強引《ごういん》に顔を上げさせる。

そうすると唐突《とうとつ》に目の前に美しい顔がむきだしになって、息を呑《の》んだ。

たぶん今までで一番至近距離。

おでことおでこが付きそうな距離で目の前に瞳《ひとみ》があった。

佐倉君の目は、とても綺麗《きれい》だった。鼻の形も、すっとしていて、その下の唇《くちびる》も。

視線がそこで止まり、動けなくなる。

一瞬だけ、ほんの一瞬だけ。

形のいいそれに唇をつけるイメージが横切った。

本当にただのイメージだったのか。どんどん熱くなる頰《ほお》と耳に、胸に広がる罪悪感にも似た恥《は》ずかしさに、もしかしたら願望だったかもしれないと疑惑《ぎわく》が芽生える。

それに気づいてぎくりとした。

佐倉君の切れ長の瞳が呆《あき》れたように細まった。

「ひりあちゃん、俺、警告したからね」

「え、なにを」

その口調に突《つ》き放《はな》されたような感じがして、小さな不安が胸に広がる。

瞬《まばた》きした瞬間に、唇に柔《やわ》らかで生々しい感触《かんしょく》がかぶさった。

柔らかくて、ほんの少しつめたい。

どのくらいそうしていたのかはわからない。一瞬だったかもしれない。

けれど、感触が唇であることを認識するのには充分《じゅうぶん》な時間だった。

そっと目を開けてみると、そこには先ほどと変わらない体勢で膝に顔を埋めている佐倉君がいるだけだった。

ぱちぱちと目を瞬《しばた》いた。

さっきのはなにか、白昼夢のようなものだったのだろうか。

なんて恥ずかしい白昼夢だろう。脳内で悶《もだ》えた。

遊具の入口になっている丸い窓をちらりと見ると、小さな顔がふたつ覗いていたが、わたしと目が合うとヒュッと引っ込んだ。

その後すぐ、遊具の外からわきゃあーと子供の悲鳴が響いた。

「うきゃぁわキャあがじゃがジャーー！　キキッ、キスしてたぞー！」

「見ちゃっちょえー！　ちゅーちゅーちゅううぅううぅ!!　きょあぁあー！」

絶叫《ぜっきょう》めいた声が散らばって遠ざかっていく。

それがすっかり聞こえなくなると、傍《かたわ》らから蚊《か》の鳴くような小さな声で「ごめん……」と聞こえてきた。

「なんで謝るの……」

世の中にはさほどの面識もない相手に合意なく壁《かべ》ドンしてくる強気男子もいるというのに。佐倉君は一応、付き合っている彼女にキスしたあとに謝る。

いや、もしかして付き合ってないのかな。お互《たが》い正体がわかってからその辺が継続《けいぞく》しているのかは確認しなかった。途中喧嘩《とちゅうけんか》のようなものもしているし、その話はなくなっている可能性が大きい。

それはともかく、白昼夢じゃなかったことはわかった。

さっきのは確実にちゅーだったらしい。証人もいたし本人も容疑を認め謝罪している。

佐倉君は相変わらず『うなだれた白昼夢』のオブジェと化したままだった。

「総士君」

「……なんでしょう」

「……もう一回する？」

聞くと突然《とつぜん》顔を上げた彼がカッと目を見開いて「バカァアアー！」と絶叫した。

「え？　いやなの？　じゃあなんでさっきしたの？」

「嫌とかそういう問題じゃないんだよ！　俺は……！　好きなんだよ！」

「ならいいじゃない……」

「もう出る。こんなとこ一秒だっていられない！」

「え、え、なんでそんな推理小説で二番目に死ぬ人みたいな台詞《せりふ》……」

「わかってない。ひりあちゃんはわかってない」

人にキスしておいて逆ギレが始まった。

佐倉君はそのままひらりと外に出たので追いかけて出た。出る時にもたついたけれど、彼は振《ふ》り向きもせずさっさと歩きだしてしまう。

珍《めずら》しく怒《おこ》っている気がする。

キスしておいて怒って出てしまう彼のことが、わたしは確かに、よくわからない。

馴《な》れ馴《な》れしすぎただろうか。佐倉君は潔癖《けっぺき》っぽいところがあるから、おかわりを提案したのもよくなかったのかもしれない。

「ごめんね。そんなに嫌がると思わなくて……」

背中に声をかけるけれど、前を向いたまま振り向かない。

「せっかく会えたから……仲良くしたかったんだよう……」

公園の出口のほうに向かって歩いていく後ろ姿をぼんやり見送って、わたしは端《はし》のベンチに腰掛《こしか》けた。

男子、よくわからない。男子なのか、佐倉君だからなのか。それすらもわからない。

足元の砂を靴《くつ》でじゃりじゃりして、ふと出口のほうを見ると、帰ってしまったと思った彼の姿がまだそこにあった。

佐倉君は出口付近手前の水道のところにいた。

見ていると勢いよく水を出して、それに頭を突き出して、かぶった。

なにしてんだろ。
……まだかぶっている。
いつまでやってるんだろう……。
一分くらいはそうしていたように思う。服までびちびちに濡《ぬ》れてきている。
そうしてようやく水を止めて、犬のようにプルプルと頭を振った。
水浸《みずびた》しになって、こちらへ歩いてくる。
ずしゃり。ずしゃり。
佐倉君が歩くそこに水がしみていく。
それはさながらホラー映画のゾンビか、あるいは死地に赴《おもむ》く勇者のようだった。
水に濡れても美形は美形。謎《なぞ》の色気まで醸《かも》し出して勇者が向かってくる。
戻《もど》ってきた彼が言った言葉をわたしはきっと忘れない。

「さい了《りょう》んじ藩《はん》、少し落ち着こう」

◆ネクラ

「佐倉君の家に行きたい」と彼女が言い出した時は何事かと思って心臓が跳《は》ねた。

部屋を掃除《そうじ》したか、変なゴミがないかとか。色々脳内再生してチェックした。

「夕ご飯なんだけど……佐倉君ちがいいな」

「え、あ、家って店か」

それは家じゃない。彼女にとっては似たようなものかもしれないけれど、だいぶ違う。

「うん！　美味《おい》しいよね！」

「よねって言われても……自分ちだし」

「わたし、牛丼《ぎゅうどん》が一番好きだと思ってたし、すごく美味しいんだけど……佐倉君の家のご飯が忘れられない……ファンなの。だめ？」

「いいんじゃない。親父も喜ぶし。でも、家で食べなくていいの？」

「遅《おそ》くなるって言ってあるもん」

彼女はにこにこしながら頷《うなず》いた。

軽く頷いたけれど、よく考えたら今までとは少し状況《じょうきょう》が違う。

西園寺さんはクラスメイトだったけど、今はただのクラスメイトじゃない。

「あらいらっしゃい！　ゆりあちゃん！　総士、あなたはバケツに顔でもつっこんだの？」

母親はそう言ったあと、西園寺さんの頭をちらっとチェックして、それがまったく濡れてないのを確認して頷いている。変な想像するのやめてほしい。やめて。

「佐倉君、着替《きが》えてくれば？」

「そうさせてもらおうかな……」

店の裏に停めてある自転車をかっとばせば家まで十分くらいだ。

ひとりで店を出て、自転車をこぎだした。無駄《むだ》にガチャガチャとペダルを踏《ふ》んで顔面に風を受けているうちに乾《かわ》きそうな感じもしてきた。

小一時間前から藁子ちゃんの小さな声がずっと聞こえてた。

『そーしくんそーしくん』と呼び『ちゅー』『ちゅー』『ちゅちゅちゅちゅちゅー』と騒《さわ》ぎ続ける声を俺は完全に締《し》め出していた。思い出すと爆発《ばくはつ》しそうになるから。

単純な嬉《うれ》しさとは違《ちが》う。後悔《こうかい》があるわけでもない。

けれどそれは罪悪感というのが一番しっくりときた。

ひりあちゃんとまだ一致《いっち》していないから、裏切ったような気持ちになるのか。西園寺さんに自分のようなやつがそんなことをしたからなのか。あるいはもっと単純な、自分の彼女に向ける劣情《れつじょう》が醜《みにく》くて目を逸《そ》らしたくなったのかもしれない。

なにが恥ずかしいとか具体性なく、やらかしたような感覚だけが頭にあった。

なにやってんだよ。俺のくせに。

だいたい警告したからってやっていいもんじゃないだろ！

部屋に戻って着替えて、顔も洗ったら少し落ち着いた。呼吸を整えて、家を出た。

「あ、おかえりなさーい」

戻ったときにはなぜか西園寺さんが店を手伝っていた。

長い髪《かみ》を後ろで結んで、胸元《むなもと》に『さくら』と書いてあるダサダサの紺《こん》のエプロンをして、しれっと定食を配膳《はいぜん》していた。

「か、かァさァぁん……」

顔面蒼白《そうはく》状態で虚《うつ》ろな目で母を睨《にら》むと、手をパタパタやって心外だという表情をしてみせる。さすがにやらせたわけではないらしい。とすると、本人が犯人か！

「西園寺さん！　西園寺さんになにやらせてんだよ！」

西園寺さんはきょとんとしたけれど「お代もらってもらえないし……お店屋さん楽しい」と言ってへらりと笑う。

「それに、ご飯は佐倉君が戻ってから一緒《いっしょ》に食べたいと思って……」

「いやでも……」

お客さんが入ってきて彼女が緊張《きんちょう》した感じに「いらっしゃいませ」と言った。

美少女がちょっと拙《つたな》い動きでお水を運んだり、食事を出したりしているさまに、お客さんもとてもニコニコしていた。おっさんの肉体労働者が多いからなおさらニコニコニコニコしていた。

「総ちゃんの彼女？」

馴染《なじ》みの客のおっさんがニヤニヤしながら聞いてるのに対して、彼女は曖昧《あいまい》な笑みを返している。答えたくないというよりは、配膳の手元に気を取られている感じ。

しばらくしてお客さんの波がひいて、手伝いもいらなそうな時間に端の席で一緒に食事をとることにした。

「西園寺さんなんにする？」

「え、どうしようかな。佐倉君は？」

「俺はなんか、余り物でいいかな……」

「じゃあわたしもそれがいい！」

「……ちょっと待ってて」

それでいい、ではなくそれがいい、と言われてしまったのでもうそうすることにした。

カウンターの裏に行ってご飯をふたりぶんよそう。お味噌汁《みそしる》も。それからポテサラ、ひじきの煮物《にもの》、お新香《しんこ》、梅きゅうり、きんぴらごぼう、茄子《なす》の煮浸《にびた》し、冷《ひ》や奴《やっこ》、細かな付け合わせを皿に盛って、テーブルに並べる。

彼女が小さな声で「うひょぅ」と、言ったのを聞き逃《のが》さなかった。

「メインないけど……卵でも焼く？」

「いいよぉ、じゅうぶんだよお。……ねえ、もう食べていい？　食べよう。いただきます」

西園寺さんが拝むように手を合わせて、お箸《はし》を持った。

「こういうの、憧《あこが》れてた。なんだっけ、内々のご飯」

「ナイナイのゴハン？」

「働いてる人が食べるメニューにないやつ」

「まかないのこと？」

「それだ！」

笑顔で言ってお箸を運び出す。

なにから食べるんだろうと見ていると、きんぴらごぼうだった。

「……なみだでそうにおいしい……」

「そ、そう……？　そんなグルメ向きの店でもないんだけど……」

「わたしの食の趣味《しゅみ》とガッチリ一致するんだよね……もう佐倉君と結婚《けっこん》したい」

「げふ！」

思わずお味噌汁をこぼしそうになった。

恐《おそ》る恐る顔を見ると彼女も発言に気づいたらしく「あ、」という顔をした。

「さ、西園寺さん……親が本気にすると困るから……」

「あ、あい」

聞こえてないといいなと思って母親をちらりと見ると、聞いていましたといわんばかりにバッチリこちらを見てうんうんと頷いた。なにか忌々《いまいま》しい……。

西園寺さんが目の前で、上機嫌《じょうきげん》に食事をたいらげていく。本当に楽しそうに食べる。

教室でひとりでお弁当を食べている時には、食べるのが嫌《きら》いな人だとすら思っていた。

「うち、あまり和食が出なくてさ」

「作ってもらえば？」

「うん、頼《たの》んだことはあるけど、あまり得意じゃないみたいで……その……あんまり……それにわたし以外はみんな洋食好きみたいで」

あまり和食にご縁《えん》がない家庭らしい。

食事を終えて、お茶を飲んでぼやっとしていたら、母親が時間を気にしてこちらに来た。

「総士、遅くなるとよくないから、ゆりあちゃん送っていきなさい」

ふたりで立ち上がり、店を出た。

早めの夕飯だったけれど、もうあたりは薄暗《うすぐら》い。

夕方の街の喧騒《けんそう》があたりに散らばっていた。

近所をいつもうろついている猫《ねこ》がにゃあと鳴きながら寄ってきて俺の足に身体をこすりつけた。

「カレーライス、久しぶりだな」

しゃがみこんで顎《あご》の下を撫《な》でてやると気持ち良さそうに目を細めた。

「あ、この子がカレーライス？　ほんとだカレーライス柄《がら》だ」

西園寺さんが言って猫に目線を合わせるようにしゃがみこむ。

猫は背中の部分だけ明るい茶色で、手足や腹は白い。

カレーライスは見知らぬ西園寺さんをちらりと見たけれど、特に気にせず後ろ足で耳を掻《か》きだした。

西園寺さんがカレーライスを撫でる。

夕方の街で猫を撫でる美少女の姿は控《ひか》えめに言って絵になっていた。

可愛いやら美しいやらノスタルジックだわで、見惚《みと》れる。

しばらくして、立ち上がって駅に向かう途中《とちゅう》、西園寺さんがぽつりと呟《つぶや》くように言う。

「……佐倉君、家の近くまで送ってもらってもいい？」

「え、いいの？　俺はいいけど」

駅までかと思っていた。

「いい？　やった」と彼女が笑う。

電車に乗った。そこまで混み合ってはいなかったけれど、座席は全部埋《う》まっていたので、ドア付近にふたりで立った。

西園寺さんが、ジロジロ見てくる。

気のせいかと思ったけど、隠《かく》そうともせずまじまじ、穴が空きそうなほど見つめてくる。

消滅《しょうめつ》しそうになるからやめて欲しい。

「うーん」

小さく唸《うな》り声が聞こえて、見ると顎の下に探偵《たんてい》のように手を添《そ》えて、考え込むように見つめていた。そのままなにかのポスターにでもできそうな可愛さだった。

彼女の家は駅からは近かったけれど、手を引かれてそのまま改札を出た。

駅を出ると外はもう真っ暗になっていた。星が少し出ている。

「佐倉君、寄り道していい？」

「うん」

隣《となり》を歩きながらも時々チラチラこちらを見てくる。落ち着かない。

緑の多い道で、縁石《えんせき》の上にとんと乗った彼女が手招きしてくる。

「佐倉君」

「うん」と返事をして目の前まで行くと、またじっと覗《のぞ》き込んでくる。

小首を傾《かし》げて大きな目で見つめられて、宇宙に逃《に》げたくなる。

彼女の白い手のひらが、ふわりと闇《やみ》の中を移動して、俺の両方の頬《ほお》に当てられた。

秋風にさらされたそれは、ほんのわずかひんやりとして、ぞくりとした感触《かんしょく》を頬に移した。

そうして俺の顔をガッチリホールドしたまま、また、うーん、と唸って観察している。

なんなの。この子は一体なにを考えているの。

呆《あき》れたような気持ちで油断した瞬間《しゅんかん》、西園寺さんが唐突《とうとつ》に「おかえし」と言って顔を近付けて、唇《くちびる》に柔《やわ》らかいものがふわりと重なる。

街灯に蛾《が》が止まるのが見えた。

ここ、どこだっけ。

ああ、地球ね。

一瞬で思考停止した俺を置き去りに顔を離《はな》した西園寺さんは「……うわ、照れる」とはにかんで、自分の口元を手のひらで覆《おお》った。

そうして赤味を帯びた頬を隠し、目だけ覗かせて、ふにゃりと笑ってみせる。

その笑顔が、俺が第二図書室で聞いていた声と、はっきりと重なった。

ひりあちゃんが、俺の目の前にいた。姿を持った新しい形で。

ずっとそこにいたのに、突然《とつぜん》現れたような、不思議な感覚だった。

「今日、ありがとう。楽しかった」

ハリガネのように突《つ》っ立っている俺を置いて彼女はさっさと歩きだす。

しばらく行ったところで振《ふ》り向いて「ばいばい」と大きく手を振ってくる。

気がついた時には彼女の姿はすっかり見えなくなっていて、近くの葉っぱをガサガサ揺《ゆ》らす風を熱くなった頰に感じ、秋の虫の音を聞いていた。

俺はこの日、再び完全に落ちた。

◇ヒリア

佐倉君とキスした。

二回も。

一度目は向こうからで、二度目はわたしから。

一度目のそれは薄暗い場所で、彼がわたしをひりあちゃんと呼んだから、相手はネクラ君だった。

だから、二度目のそれは、佐倉君にしてみた。

少しだけ変な感じがした。いけないことのような気もした。二度目は目を開けて、自分からしたかからかもしれない。わたしの彼氏はこんなに格好良くないはずなのに。ネクラ君じゃないみたいで。でも、ドキドキした。

教室を出て端《はし》のクラスを目指していると佐倉君が少し前を歩いていた。

佐倉君があれ、という顔で立ち止まる。

「いや、別に佐倉君に用事があるわけじゃなくて、わたしも同じ方向なだけ」

「ああ……たぶん目的地が同じなんだ」

一緒《いっしょ》に行くべき場所すら別行動で行っていたのに、不思議なものだ。

佐倉君が前の扉《とびら》から中を覗き込んだので、その後ろから頭をひょいと出して自分も覗き込む。なぜか教室中の人がこちらを見た。

目が合ったままなみんながニコニコしながら出てきてくれた。

ふたりで移動する時ちらりと扉のほうを見ると、彼の友人の男子生徒が出てきて、こちらを見て、なにか話していた。

「オイオイ仲良さそうだな！」

「うん……」

「わたしはネクラ君が、前と変わらず好きです……」

「そっか」

まなみんが背中をバンバン叩《たた》く。

「佐倉君も人間なんだなぁ」

わたしの話していたネクラ君が佐倉君だということに思いを馳《は》せたらしいまなみんが言葉をこぼす。口元をほころばせながらしんみりするという絶妙《ぜつみょう》な塩梅《あんばい》の表情だった。

＊

お昼休み、わたしは河合《かわい》さんを呼び出した。

「河合さん、ちょっといいかな」

「私《わたくし》のほうも報告したいことがありました」

「その前に、敬語、なんとかなんない？」

「……失礼。癖《くせ》です」

あまり気にしていなかったけれど、もしかして河合さんて、みんなにこうなのかな。

だとしたらまぁ、いいかな。

「どうなった？」

昇降口《しょうこう》を出て辺りを見まわす。

ちらほら生徒はいたけれど、近くにはいない。

近くのベンチに座ってお弁当を出した。とりあえずお昼を食べなければ。

「河合さんのお弁当、綺麗《きれい》で和食っぽいね」

「家が懐石《かいせき》料理出してます。その関係で」

「えっ、そうなの？」

いいなあ。わたしのお弁当は相変わらずチキンのハーブ焼きとか、スコッチエッグ。

「河合さん、少し交換《こうかん》しない？」

「うひっ、いいんですか？」

河合さんが、河合さんらしからぬ声をあげて、目を輝《かがや》かせた。そうか。わたしにとっては憧《あこが》れで新鮮《しんせん》なそれも、彼女にとっては日常。逆もまたしかり。河合さんにおかずを分けてもらい、その成り立ちについてレクチャーを受けているうちに食べ終わった。

ようやく本題に入る。

「佐倉君のことなんだけど……」

「はい。みなまで言わずとも結構です」

今思えば、彼氏五十人はともかく、こっそり会ってるって言ってたのは本当のことだったんだよな。どこまで知っているんだろう。

第二図書室は、扉を閉めれば会話までは聞こえない、と思う。まなみんはわたしが会ってるのが佐倉君だと知らなかったし、結局それ自体はそこまで広まらなかった。本当に想像でしかないけど、河合さんが見て、怪《あや》しみはしたものの、場所までは周りに言わなかったとか。ほかにも不確かな噂《うわさ》が多過ぎて紛《まぎ》れたのもあったかもしれない。

「このたび、佐倉君を見守る会は解散のはこびとなりました」

「え、そうなの？」

「ここ最近会員はだいぶ目減りしました……」

「え、わたしが……佐倉君と仲よくしているから？」

「いえ……皆《みな》彼氏ができたり……ほかに真面目《まじめ》に懸想《けそう》する相手ができたりしまして……」

脱力《だつりょく》する。なんだよ。わたし超《ちょう》関係ないじゃん……。

「それになんというか……佐倉君の誕生パーティはカップル成立率が異様に高いのです」

なんなんだよ、佐倉君は。

「河合さんは、佐倉君が好きってわけではない……んだよね？」

「はい。私は美しい人を見て愛《め》でるのが好きなんです。お花や星と同じ。でももちろん相手が人である以上幸せを願ったりもします」

「好きな人はいないの？」

「……あまりぴんとこなくて。正直に申しますと過去に佐倉君を好きだと思っていたこともあるのですが……彼の内面や、隠れた部分を見て向き合いたいとは思えなくて……むしろ見たくない。それで、違《ちが》うと結論付けました」

「わたし、佐倉君が好きなんだ」

「……それは」

「もともと彼氏はいないし、河合さん達みたいに、見て愛でるつもりもない。ちゃんと、普通《ふつう》に好きなんだ。つ……付き合いたい？」

つい語尾《ごび》が疑問形になってしまった。

ネクラ君とは両思いになったけれど、そのあと色々あったので、今外に向けて付き合っているとは言いがたい。これが現状の、精一杯《せいいっぱい》。

「なんか……河合さんには一応言っておこうかなーと、思って」

先に状況《じょうきょう》を言っておけば彼に話しかけてわけのわからない誤解をされることもない。

全員に言ってまわるわけにはいかないけど。それでも。

「はい。了解《りょうかい》いたしました」

河合さんは目を細めて静かに頷《うなず》いた。

「ちなみに私は今後は新しく結成された、佐倉君と西園寺さんを見守る会の会長として、全力で尽力《じんりょく》していく所存であります」

「な、なんだそれ。やめてよ」

背後から声がして振り向くと佐倉君だった。

手にビニール袋《ぶくろ》を持っている。おそらく高い確率で増田《ますだ》先生の買い物にいかされていた。その帰りだろう。

「河合さん」

「は、はい」

「お願いがある」

「なんでしょう」

「西園寺さんのプライバシーに関わる、その変な会、解散してほしい……」

「……はい」

佐倉君のひとことで簡単に会は解散のはこびとなった。

しょんぼりしてしまった河合さんを見て、なんだか気の毒になる。

「河合さん、佐倉君を見守る会のほうを再結成すれば？　わたしも入るし……」

「うーん、そうですねぇ……その時はお声がけいたします」

「やめて。俺のプライバシーは？」

「あ、わたし、入れる？」

「もちろんです」

「もし、今後……彼女になっても入れる？」

「佐倉君を愛でる気持ちさえあれば、どなたさまも歓迎《かんげい》です」

見守る会の緩《ゆる》さは天下一だと思う。

「おふたりは……付き合ってなかったんですね」

「そうなの？」

佐倉君が驚《おどろ》いた声を上げてわたしを見た。

そんな反応されると思ってなかったからびっくりしてしどろもどろになる。

「え、だって色々あったし、あれは名前とか知る前だし……ナシになってる可能性もあるかなって……」

「え、ナシなの？　でも……昨日……」

デートした。キスもした。

もしかしたら付き合っている可能性も高い。この反応はむしろそちらが濃厚《のうこう》だ。

でも、喧嘩《けんか》のあとそんな話はしていないし。よくわからなくなってきた。

困って河合さんの顔を見た。

「えーと、河合さん」

「はい」

「どっちだと思う？」

細かなことも話さずに河合さんへぶん投げた。

彼女はしばらくううんと考えて、おもむろに頷いた。

「付き合ってます」

河合さんのその、雑さが好きだ。

「付き合ってるって！　佐倉君！」

「その納得のしかたはどうなの⁉」

「えー？　駄目《だめ》？」

「佐倉君、そう言うならはっきりさせてください」

河合さんの、およそ佐倉愛《め》でし者とは思えぬ冷静な声に彼は黙《だま》ってふっと空を見上げた。

たぶん、対応できなくなっただけなのに、傍目《はため》には周りを拒絶《きよぜつ》してるように見える。

思考停止してるだけなのに、ものを考えているように見える。得な顔だ。

「では、ごゆっくり」と謎《なぞ》の文句を残して河合さんが先にその場を去った。

自分も戻《もど》ろうか迷って佐倉君を見ると、思いつめた顔でわたしの正面に立った。

「西園寺さん……」

「え」

「はっきり言うよ」

「はい」

「俺と……」

佐倉君はそこまで言って、大きく息を吸って吐《は》いた。

そして……また息を吸って、吐いた。頭を両手で軽く抱《かか》えて、また吐いた。

汗《あせ》がすごい。第二形態に進化する直前の宇宙人みたいだ。

「俺と……」

俺と、地球を滅《ほろ》ぼさないか？

そんな台詞《せりふ》が出てきてもおかしくない雰囲気《ふんいき》だった。

これはもしかして、佐倉君が、本物のイケメンとして覚醒《かくせい》してしまうかもしれない――

少しハラハラして待つ。佐倉君はなかなか口を開こうとはしなかった。

やがて、彼がカッと顔を上げておもむろに早口で言葉を吐き出した。

「さ、西園寺さん、俺と？　つっ、付き……？　と、トムだちから……お願いしもっ……」

「……」

「……っぅ……」

佐倉君が吐いた台詞は、どもる、なぜか疑問系、挫折《ざせつ》、のち内容改変、噛《か》む、トム登場、なぜか敬語、また噛む、語尾が消えさる、という恐《おそ》ろしく情けない内容のフルコースだった。

佐倉君の声が情けなさの羅列《られつ》となって空に放り出されたその時、わたしの頭の中で不思議なことがおこった。

わたしの頭の中の第二図書室のネクラ君がすーっと消えていくのを感じたのだ。

それから、教室で見ていた佐倉君のイメージも、あとかたもなく消えていく。

記憶《きおく》として覚えているけれど、もうイメージのかたまりは感覚的には思い出せない。

今目の前にいる彼はそのどちらでもなくて、だけどネクラ君だったし佐倉君でもあった。

そうして、目の前にいるその人に、わたしは突《つ》き落とされるように恋《こい》に落ちた。

なんて。

なんて、モテなそうな人だろう。

佐倉君ではなく、わたしの恋心の方が第二形態へと進化した。

それは、今までのネクラ君の分を内包して進化した、ネオスーパー恋心であった。

そうだ。トムだちの返事しなきゃ。

「やだ」

「えっ」

耐《た》えられなくて、吹《ふ》き出した。

笑っているうちによけいに可笑《おか》しくなってしばらく笑っていた。

「総士君、大好き。友達じゃなくて、彼女がいい」

「総士君は色気と高潔さを感じさせるその顔に不似合いな、情けない表情をした。

「総士君……駄目？」

「いえ、よろしくお願いがします！」

「うん！」

変なところに「が」の字が入った！

見ると彼は口元をひき結んでいて、今度は玩具《おもちゃ》を買ってもらったのに、とっさに喜ぶ顔がわからない子どもみたいな表情。それか、モテない男子が女の子に生まれて初めて声をかけられたあとみたいな顔。そのふたつが同じかと言われると首を傾《かし》げるが、どちらもあてはまる。

「じゃあ握手《あくしゅ》」

そう言って手を伸《の》ばすと、彼はまた自分の手を制服でゴシゴシしだす。

その手を彼自身から奪《うば》うように取ってぎゅっと握《にぎ》った。

「総士君、大好き！」

「毛義画」

謎の答えが返ってきて、なにひとつ伝わらないが動揺《どうよう》してるのだけはわかる。

総士君は自信がなくて、卑屈《ひくつ》で自尊心が低くて、自意識過剰《かじょう》なくせに自分ではなく他人の気持ちばかり考えている。

わたしはこの人が好きだ。この人の、このモテない感じが、わたしは大好きできゅんきゅんくる。いくらモテても変わらずモテないなんて、最高じゃないだろうか。

そうして、わたしと彼は正式に付き合うことになった。

エピローグ

◆佐倉総士《さくらそうし》

大失敗の告白をしてからというもの、西園寺《さいおんじ》さんは俺に大層優しくなった。

以前のネクラに対するひりあちゃんに戻《もど》ったと言っていい。いや、それ以上だった。

「おはよう！　総士君！　今日もすてきだね！」

「総士君お昼食べよう！　約束してた最強のおにぎりと交換《こうかん》してね！　大好きおにぎり！　おにぎり……具はなに？　ちょっとだけ見たいな」

「総士君！　帰ろう！　あ、それテスト？　うわぁーすごいね！　えらいね！　がんばったね！　字もかっこいいね！　そういえば前くれたスマホ壊《こわ》れた時のお手紙、端《はじ》っこに前衛的な牛丼《ぎゅうどん》の絵が描《か》いてあったのが最高だったし、まだ持ってるずっと持ってるね」

「総士君、さっき女子に話しかけられて、びっくりしてよろけてた？　すごくよかった！　よろけかたが最高だった！」

どことなく馬鹿《ばか》にされているレベルで優しくしてくれる。

最近では駅で待ち合わせて一緒《いっしょ》に登校などもしているが、彼女は人目も気にせず平気で手を繋《つな》いできたりする。

寒くなってきたからか、にこにこしながら俺のコートのポケットに手を突っ込んでくることもある。それ自体はかまわないが、前置きがないと心臓にとても悪い。

先日は駅前で俺の髪《かみ》に小さな枯《か》れ葉が乗っているとか言って爆笑《ばくしょう》したあと、わざわざ背《せ》伸《の》びしてそれを取り、ついでにほんの少しの寝癖《ねぐせ》まで直していた。しかし、そういう西園寺さんの髪にはやっぱり枯れ葉が乗っていたりする。西園寺さんはわりと自分に無頓着《むとんちゃく》だ。

俺が女性と話す用事があると、焼きもちをやいたりもする。そのあとにはやたらと愛の言葉を要求してきたりする。これは困る。わりと死にそうになる。

一緒にお昼を食べている時などは、恐らく自分がさほど食べたくないおかずを俺の口に運んできたりする。それ自体はかまわないが、教室中の注目は浴びている。

彼女がそんなだからクラスでもすっかり公認のカップルとなった。

しかも俺が同じ温度でうまく返せないせいで、まるで彼女の方が好きで追いかけてるみたいな構図になっている。そこについては非常に心苦しく思ってはいるが、改善の兆候は自分の中に見当たらない。しかし西園寺さんはあまり気にしていないように見えた。

藪坂《やぶさか》に借りていたゲーム機を返しにいくと、ものすごくつまらなそうな顔をして出てきた。

「これ、ありがとな」

「はー……」

「なに辛気臭《しんきくさ》い顔してんだよ」

「……なぁ、総士。おまえ、何番目なの？」

「え、なんの話だよ」

「だから……八十九人目くらいの彼氏？」

「まだそんなの信じてるのかよ……」

「うわ、なにその余裕《よゆう》！　腹立つ！　腹立つ！」

余裕とかなんとかじゃなくて、その情報はもはや古い。

そんな都市伝説みたいな情報を信じてるのは藪坂くらいだろうとは思うが、たぶん真実を見つめるのが辛《つら》いからなんだろう。

「だってモテる女はお前みたいなの絶対嫌《きら》いだろ！」

「モテる女にも色々いるんだよ」

その、モテる女西園寺さんが廊下《ろうか》の向こうからこちらに来た。

薮坂が、すかさず駆《か》け寄って話しかけた。

「西園寺さん！　こいつ何番目なんですか！　何百番台の彼氏なんすか⁉」

「おまえ馬鹿か。そんなの、いたとしても言うわけないだろ……」

「うっせえ！　総士のくせに冷静なツッコミいれんな！　俺ほどになると反応から色々わかんだよ」

「西園寺さん、ごめん。こいつ無視していいから」

西園寺さんは薮坂に向かって真面目《まじめ》な顔で指をぴんと三本立てた。

「全部で三位まで順位があるんだけど」

「は、はい」

「上から三つ、全部総士君で埋《う》まってる」

西園寺さんがものすごく可愛い笑顔でそう言って、薮坂が殴《なぐ》られてもいないのに弾《はじ》け飛んだ。

「……ゴァじゃあがぁぃぇあヌゲオれヨォーーーーイ！」

惚気《のろけ》られたと思った薮坂が泣き叫《さけ》ぶ。俺は三人目の俺が誰《だれ》なのか気になった。ネクラ、佐倉、あと誰だ。薮坂が少し離《はな》れた場所で泣きながら叫び続けている。

「ねだかやはっ！　やちんちんかやひちた！　ッ、いでーッ！」

教室から出てきた早乙女《さおとめ》さんが上履《うわば》きで薮坂をすぱーんと叩《たた》いた。

「うるせえぞゴミ男。日本語しゃべりやがれ」

「のかンさごっアっ、あだーーっ！」

追加ではたかれてまた飛び跳《は》ねる。

「も、もう……心も身体もボロボロだよぉ……」

友人に彼女ができると心身ともにボロボロになる男。薮坂透《とおる》。

西園寺さんは、俺に期待をしない。

彼女はネクラ君である俺のことをよく知っているから。そしてなぜか、パブリックイメージではなく、情けないほうの俺のことをこよなく愛してくれる。

だから俺は、好きな子に対する緊張《きんちょう》はあれど、格好つけなければならないという過剰なストレスは持たなくてよかった。

それでもたまにやらかしたと思うことはあったけれど、そういう時ほど彼女が大喜びしているので、ゴリラのメモ帳としがらき焼きの狸《たぬき》が好きな女子高生の、特殊《とくしゅ》な趣味《しゅみ》として処理することにしている。

西園寺さんときちんと話すようになって、藁子《わらこ》ちゃんと話すことは減った。

俺がいい歳して持っていたイマジナリーフレンドの藁子ちゃんは、俺の知らない〝女の子〟という生き物の象徴《しょうちょう》であったがため、実在の女の子の情報に、その体温に、息づかいによって、簡単に上書きされていく。

知らないこと、知りたいこと、わからないことも、恥《は》ずかしい思い込みも、全て彼女に直接聞けばいい。どの道ほかの女の子の情報はいらないのだから。

ひとりの人間と向かい合って、いろんな部分を知っていくと、自分にとっての〝当たり前〟が緩《ゆる》やかに更新《こうしん》されていく。

俺はだんだん女性を過度に神聖視しなくなっていたし、その分人として愛《いと》しく思う感覚を得ていっている気がする。既《すで》に以前の感覚を失いつつある。

ここから長い時間がまた経《た》てば、モテるとかモテないとか、そんなことばかり気にしていた青春時代のことすら忘れて、大人と呼ばれるものになっているのかもしれない。

俺はそのうち、忘れていく。

女の子がゲロを吐《は》かないと思っていた時のそのぼんやりした感覚を。

初めて好きな子の手を握った瞬間《しゅんかん》の感動を。

顔も名前も知らないあの子と過ごした、あの夏の日の遊具の中のむせかえるような空気も。

どんどん忘れていく。

同じ〝人間〟ではなく、わけのわからない生き物であった〝女の子〟と、それを象徴する薫子ちゃんのことも、いつか、すっかり忘れてしまうのだろう。

＊

『キモモモ、キモモモ』
明け方、浅い眠《ねむ》りの中、枕元《まくらもと》で声が聞こえた。
『そーしくん、そーしくん』
枕元にカサリと鎮座《ちんざ》した薫子ちゃんが俺を起こす。
どうしたの？　こんな明け方に。
『薫子、もう行くねー』
え、行くって、どこに行くの？
『いけめんあいらんどー』
聞いたことない場所だけど……。
『いけめんあいらんどはねー、いけめんがたくさんいて、いけめんむざいなのー』
そ、そうなんだ……。
『だから薫子はそこに行って幸せになるんだよー』

ゆらゆらと混濁《こんだく》した意識の中、はっと目が覚めて顔を上げる。
枕元にもちろん薫子ちゃんはいなかった。そこには朝のやわらかな陽が静かに射してい
るだけだった。
なにもない白い枕を見つめる。
そっか。
楽しいといいね。いけめんあいらんど。

◇西園寺ゆりあ

わたしはほんの少しずつクラスに溶《と》け込んだ。

まなみんの存在もよかった。

彼女と普通《ふつう》に話しているわたしを見て、周りも徐々《じょじょ》に話しかけ始めたところもある。

なにも言わない、ろくにしゃべらない状態では人は見た目しか情報がない。

キャラクター付けしてしまえばそんな人として接することができる。集団生活を送る際
そのほうがみんな圧倒《あっとう》的に楽だから。よくわからない人に対して話しかけない、無視をす
るよりは、場の空気が保たれる。

まなみんは面白《おもしろ》い人として。総士君はモテる人として。キャラクター付けされた。

ほかにも、いじられるのがキャラクターの人や、怖《こわ》いというキャラクターの人、真面目な人、豪胆《ごうたん》な人、表面的にはそんな風に適当に分類されて扱《あつか》われる。

みんな内実や細かいところはわからない。性格は本人と周りの思い込みで形成されている。周りに言われて思ってもなかった自分のキャラを演じ始めて、そのまま人格が変わってしまう人だって、きっといるだろう。

たくさんの人がキャラ付けされたわたしに敬語で話す中、河合《かわい》さんがわたしをかなりフラットに見ていたことにも気づかなかった。彼女自身が普段から誰に対しても敬語だったからだ。彼女はとてもマイペースな人だった。余裕がないと、そんなことにも気づけない。わたしは最近たまに、彼女とお昼を食べている。

総士君に関しては、彼と話すと恋《こい》が実るという評判が広まり、相変わらず女の子に囲まれていることが多い。最近だと恋愛《れんあい》相談をされていることも多いけれど、もちろんろくな返答をしていない。正確にはできていない。あの人にできるはずがない。

この間は女子生徒が彼の席に行って拝みながらむにゃむにゃお願いごとをしているのを見た。さすがにどうかと思う。

それでも彼は律儀《りちぎ》に「がんばってね」と言う。

そうすると言われた女子生徒は神のお告げがあったように笑顔で帰っていく。成就《じょうじゅ》率は高い。

わたしは彼の言うその、一抹《いちまつ》の申し訳なさを感じさせる「がんばってね」がとても好きだ。すごくモテない感じがする。告白してないのに振《ふ》られた人みたいで震《ふる》えるほど萌《も》える。

彼は男子生徒の友達がいないと思っているようだったけれど、あれだけ女子にチヤホヤされている彼を敵視する男子はクラスにもいなかった。裏ではいるのかもしれないが、少なくともわたしの見た限り見あたらない。

同じ疑問を持った女子生徒が男子に聞いているのを目撃《もくげき》したこともあったけれど、皆《みな》ぽやんとしていた。

「佐倉、いいやつだからなー」

「俺、この間美化委員会の仕事代わってもらったし……」

「俺、壊《こわ》れたシャーペン直してもらった」

「いいやつだからなー」

我がクラスの男子生徒が腑《ふ》抜《ぬ》けているのか、運がいいのか、なんだかんだ恋愛対象になりにくいからなのか、妙《みょう》な人徳を以《もっ》てモテキャラを受け入れられている。彼は卑屈《ひくつ》で自意識過剰《かじょう》だから、いろんなものを持っていても他人に上から目線になったりしない。それも大きいかもしれない。

普通の図書室に本を返却《へんきゃく》に行った帰り、総士君が増田《ますだ》先生から仕事を頼《たの》まれているのが見えた。

内容は聞き取れなかったけれど「俺にできますかね？」と言った総士君に先生が「お前は本当に自信がないよなー」と言って背中をバンバン叩いたのが見えた。

総士君がどこかへ行って、なんの仕事だったのだろうと先生の近くに行く。増田先生は彼の背中を見送りながらあご髭《ひげ》を撫《な》でて苦笑いしてわたしを見た。

「お前らくらいの世代はとにかく自意識が強いからなあ……根拠《こんきょ》なく自信過剰になるやつが多いんだが、たまにああやって、根拠なく自信のないやつもいるんだよなあー」

先生はガハハと笑う。

「あいつはそのうちにな、自信をつけていい男になるぞ。根がしっかりしたやつだから」

増田先生はそう言ってまた笑った。

総士君の自信のなさは、思春期特有の自意識の強さから。

もしそれが正しいのなら、成長と共に彼のその部分は失われるのかもしれない。

確かに総士君はわたしと話す時にだんだん緊張しなくなってきている。

けれど、相変わらず芯《しん》にある少しズレた優しさと穏《おだ》やかさは健在で、きっと彼の個性としてずっと変わらない部分かもしれない。変わっていくものと、変わらないものもきっとあって。彼が変わっていくのが怖《こわ》い気もするけれど、変わってほしくないとは思わない。

わたしは彼の、ありのままを好きでいたい。

*

その日、放課後の廊下《ろうか》は静かだった。

テスト前で部活がないからか、早めに帰ってる人が多いのだろう。

「まなみん、今度中学の友達と会うんだけど、一緒《いっしょ》にこない？」

「え、アタシ、いいんか？」

「うん。ぽちょがね、会ってみたいって。きっと仲良くなれるよ」

まなみんが照れた顔で嬉《うれ》しそうに笑い、わたしの手を握《にぎ》って、ブンブン振ってくる。

「さいちゅんもう帰る？」

「えへへ……総士君と約束してる」

「え、教室で待ってるのか？」

「ううん、最近総士君違《ちが》う意味で人気だから。別の場所にした」

「佐倉縁結《えんむす》び地蔵尊な……アタシもあやかりてえわ……」

「まなみんには強力なご利益をお願いしとくよ」

「ははは、頼んだ」

「じゃあ行くね。またね」

手を振って彼女と別れた。

教室の扉《とびら》を開ける。もう誰《だれ》もいなかった。

急いで自分の机に行って、ポケットからスマホを出してメールを確認する。鞄《かばん》を持って教室を出た。そこから少し離《はな》れた第二図書室に向かった。途中《とちゅう》から小走りになってしまう。

ぱたぱた、小さな足音が廊下に響《ひび》く。

辿《たど》り着いた扉の前で意味もなくきょろきょろと辺りを見回して、ドアノブをひねった。

キィ、と小さく軋《きし》む音がしてカビた紙の匂《にお》いがほんのり鼻をつく。

この匂いをかぐと、ドキドキするようになってしまった。完全にパブロフの犬だ。

本棚《ほんだな》の向こうには陽が射している時間だけれど、入口付近のこの場所は薄暗《うすぐら》い。

けれど冷たい空気の流れを感じるので、窓を開けているのかもしれない。

約束の相手がそこにいるのはもうわかっていたけれど、わたしはいたずらめいた思いつきでその場で小さな声をだす。

「ネクラ君、いる?」

わたしの、顔の見えない友達。名前を知らない恋人《こいびと》。

二度と会えないと思っていた相手。

だけど、すぐそばにいた人。

大好きになった人。その全部。

返事の声を待ちながら、わたしはとくとくと鼓動《こどう》する胸を押さえてその場にしゃがみこんだ。

アフターストーリー　第二図書室の再会

◆佐倉総士《さくらそうし》

なんとなく聞かれるまま、西園寺《さいおんじ》さんとの休日の過ごし方を話した時のことだった。

発端《ほったん》は薮坂《やぶさか》だった。

「お前、目的地も遊び方も時間も全部向こうに決めさせて……それどころか誘《さそ》ったことも
ないなんて、よくそれで振《ふ》られないな！」

「俺がどう付き合ってようが、関係ないだろ」

最初は薮坂のくだらない茶々だと思い流そうとした。

だが、薮坂は引き下がらないばかりか追撃《ついげき》してくる。

「いやお前、マジで情けないと思わないのか？　ゆりあさんにおんぶにだっこで！　ない
わー。ないない。お前それ男としてどうなの。お前にプライドはないのか？」

改めてそう言われると、怠惰《たいだ》だったように感じられて恥《は》ずかしくなってきた。

それに、俺が気にしてなかっただけで、西園寺さんがどう思っているかは確認したこと

がない。不満に思ってないとは言いきれない。というか、今まで気にしてなさすぎたかもしれない。急激に危機感が膨《ふく》れ上がった。

「……いや、俺、誘う」

「はい？」

「西園寺さんを楽しませるものすごい最高なデートを計画する。薮坂、助けろ」

「なんでオレが助けにゃならんのだ。オレ関係ないし」

「いやだからな、まず誘うとして……日時と場所は俺が決めていいんだろうか」

「は？」

「もちろん向こうの都合を最優先させたいとは思うんだが……選択肢《せんたくし》として三パターンほど提示すればいいんだろうか。待ち合わせはどこにすればいいんだろう。なるべく彼女に楽な位置がいいが、さすがに家の前まで迎《むか》えにいったら不審者《ふしん》だろうか。あと、向こうが断りたくなった時に断れるような誘い方をしたほうがいいんだろうか。あとその話題にスムーズに持っていくためのアドバイスもくれ！　格好いい誘い方も教えてくれ！」

薮坂は信じられないものを見る目で言った。

「お前……本当に彼女持ちなのか？」

「そこはお前だって知ってるだろ！」

「嘘《うそ》だろ……そんなモテない男の権化《ごんげ》みたいな思考回路して……馬鹿《ばか》を言うな！」

「真実だから困ってるんだろ！」

「いやー信じられない。オレのほうが彼氏として百倍は優秀《ゆうしゅう》なのに……世間は見る目がない」

「いやお前一週間で振られてたろ」

「人にものを聞いておいて残酷《ざんこく》な真実をつきつけるな！」

藪坂は「くだらないことを俺に聞くな。あと爆《は》ぜろ」と言ってどこかへいってしまった。

困った。こんな時俺には相談できる相手がいない。

西園寺さんと付き合いだしてから、藁子《わらこ》ちゃんがさっぱり浮《う》かばなくなってしまった。

俺の空想の女の子の集合体よりも、たったひとりの西園寺さんが強すぎるせいで、藁子ちゃんがどんなことを言うのかまったくわからなくなってしまったからだ。

そこでひらめいた。

今の俺にとっては藁子ちゃんよりも西園寺さんがなにを言うかのほうが想像しやすい。

だったら小さい西園寺さんを作成、召喚《しょうかん》して相談してみれば早いんじゃないだろうか。

だいぶ病的な発想ではあるけれど、俺は自分で思いついた「彼女をデートに誘う」という決心が義務化していて、軽く追《お》い詰《つ》められていた。

さっそく頭の中で小さいひりあちゃんを思い浮かべてシミュレーションしてみる。

ひりあちゃん、俺、西園寺さんをデートに誘いたいんだが……。

ミニヒリアちゃんはくるんと回転して高らかに言う。

『わーい！　嬉しいな！　はやくはやく！　すみやかに誘って誘ってー！』

ば、場所なんだけど……。

『総士君とならどこへでも！　土星でも火星でも冥王星《めいおうせい》でも構わないよ！　おにぎり作ってね！』

時間とか……。

『何時でも頑張《がんば》って起きる！　今から行く？　ずっとデートしてたいな！』

いかん。普段《ふだん》甘やかされているせいで、脳内のミニヒリアちゃんがまったく参考にならないことしか言わない。西園寺さんのことは知ってきたとはいえ、やはり俺に女心がわかるはずもなく、デフォルメがきつい状態しか浮かばなかった。

結局、諦《あきら》めて本人に直撃《ちょくげき》することにした。

放課後になってにこにこしながら俺の席に来た西園寺さんに口を開こうとする。

「総士君、今日おうちの手伝いある？　なければ寄り道して帰ろう！　わたしいい感じの

「いい感じの？」

公園見つけたんだ！」

「うん、遊具がいかしてるんだ。ぜひ総士君と寄っていきたいと思って」

ちょうどいい。寄り道すればその機会はあるだろう。

そう思ったのが甘かった。

俺は何メートル歩いてもデートのデの字も言い出せなかった。

そんなに大したことでもないはずなのに、無駄《むだ》に自分を緊張《きんちょう》させてしまったせいだ。

「……総士君、元気ない？」

「元気……だと思う」

つい返答が上の空になってしまう。

「あ、あのタコの遊具だよ。妙《みょう》に気合入ってない？」

いつの間にか公園に着いていたらしい。西園寺さんが金ピカのどでかいタコの遊具を指さして、くすくす笑ってなにか言っていたが、俺はそれどころではなかった。

どうして俺は付き合っている彼女を誘うことすらスマートにできないのだ。

いや、わかっている、言えないのは脳内で呪縛《じゅばく》のように意識したその「スマートに」という余計な単語がいけないのだ。俺のようなやつはスマートもスムーズも諦めて、ただ用件を言えばいいだけなのに、ほんの少し見栄を張りたい気持ちが捨てられない。

結局俺は自意識過剰《かじょう》なだけでなく、見栄っ張りなんだろう。してこなかったことをするにあたり、ありもしない完璧《かんぺき》を演じられるのではないかという期待を、この期《ご》に及《およ》んであわく抱《いだ》いている。好きな子に、少しでも格好良く見られたいという格好悪い思いが捨てられないのだ。それを無駄に意識することで簡単なことができなくなっている。

そもそもそんなことを無駄にグチグチ考えてしまっている時点で相当にモテない。己《おのれ》のモテない資質にゲンナリする。

ふと我に返ると俺は公園の真ん中で突《つ》っ立っていて、西園寺さんが至近距離《きょり》で心配そうに顔を覗《のぞ》き込んでいた。

「総士君大丈夫《だいじょうぶ》？　具合悪かったら帰る？」

「え、いや大丈夫……ちょっと、うん……」

続けて今こそ「あのさ」と言いかけたより一瞬《いっしゅん》早く、西園寺さんが口を開いた。

「あ、ねえ、総士君、今週末家の手伝いある？」

「あ、今週は……バイトがある……。ごめん」

「そっか、来週は？」

「来週は……」と言いかけて大変なことに気づく。

俺、今、デートに誘われてないか!?　そこ、俺が誘おうとしていたのに。

「あ、ごめん！　それはその……！　それよりその……」

それよりでもなんでもなくその話をする予定なんだけど、とっさに焦《あせ》って話をそらすと、にこにこしていた西園寺さんが、一気に警戒《けいかい》した雪女みたいな顔になった。

西園寺さんみたいな美人は笑っていないと、余計に緊張するが仕方ない。もう今言うしかない。

「俺、西園寺さんに話があるんだけど……」

西園寺さんがごくりと喉《のど》を鳴らして、大きく目を見開いた。その顔がますます曇《くも》っていく。やばい。断られそうな雰囲気《ふんいき》を感じていると、またもや俺が口を開くより一瞬早く、西園寺さんが叫《さけ》ぶように言う。

「やだ！」

「……そ、そうだよね」

脳内を読まれたかのような返答と、でもさっき誘われていたはずという混乱に焦って気が遠くなった。

「総士君、わたし、なにかやった？」

「……へ？」

「だって急に……」

「うん、いつも悪いなと思って……」

「それで別れたいと思ったの？」

「……………え、なにが？」

どうにも話が嚙《か》み合っていないような気がして彼女の顔を覗き込む。こぼれてはいないものの、涙《なみだ》で目が潤《うる》んでいた。卒倒《そっとう》しそうになった。

西園寺さんは俺といる時いつも笑っている。笑顔だから、なんとなく強い子だと思っていた。だからこんな一瞬で悲しくなってしまうことと、こんなに簡単に泣きそうになってしまうこと、どちらもが衝撃《しょうげき》的すぎて、対応がついていかない。

「え、なんで、急にどうしたの？　悲しいことあった？」

「総士君が急に……別れ話しようとするから！」

別れ話。さっきも言っていたけれど、身に覚えがない。

「だってずっと上の空で、週末も忙《いそが》しくて、その次の約束も答えないで流して！　神妙《しんみょう》な顔で話があるって……もうそれしかないじゃん！」

それしかないことはないと思うけれど、言われて自分が、よもやデートに誘おうとしていたとは思えない挙動をしていたのを痛感したので焦りは増した。

「別れ話じゃない！」と言ったつもりが「わかればぬしぬし！」と謎《なぞ》の日本語で追撃《ついげき》する結果となって、目の前の西園寺さんが真っ青になってますます泣きそうになった。

西園寺さんが何歩か後ずさりしている。

俺はこの恐《おそ》ろしくくだらない誤解で彼女が帰ってしまうのが怖《こわ》くなり、とっさに腕《うで》を伸《の》ばし、抱《だ》きしめて逃《に》がさないようにした。なぜそうしたかというと、口からうまい日本語が出なかったからという、それだけのことだ。

西園寺さんが俺の勢いに腕の中で「……っぷ」と小さな息をこぼしたのが聞こえた。どのくらいそうしていたのだろう。陽が落ちて急に暗くなっていた。

西園寺さんが黙《だま》ったままだったので、おそるおそる顔を覗き込む。

彼女はもうまったく泣きそうではなく、こちらを見上げてきょとんとしていた。

俺はとりあえずゆっくりと落ち着いて「別れ話じゃない」と伝えた。

「え、じゃあなんだったの？」

「あとで説明する」と言って、とりあえず抱きしめていた腕を解放したけれど、なぜかくっついたまま離《はな》れなかった。むしろこちらが拘束《こうそく》されていた。顔を見るとこちらを見上げて、もうにこにこ笑っている。

それから彼女は「あったかい」と言って俺の胸に顔を埋《うず》めた。

彼女が泣かなくてすんで、ほっとしたあまり気が抜《ぬ》けた。

俺はいろんな馬鹿馬鹿《ばかばか》しいものを諦めて、「来週どこに行く？」と切り出した。

◇西園寺ゆりあ

きっかけは中学の友達のマホとの会話だった。

「え、じゃあ普段からさいちゅんが声かけて一緒《いっしょ》に帰って、さいちゅんが場所決めてデートして、全部さいちゅんがやってるの？」

「うんそうだよ。わたしはそれで不都合ないし」

彼氏持ちのことが気になるのか、周りの女の子に、普段どんなデートをしているの、とか聞かれることは多い。なんの気なしにこの話をするとよく、「本当に好かれてるの？」などと言われることもあるけれど、よく知らない他人が話だけ聞いて判断したことより、実際接しているわたしが好かれてると感じているのだから、そこは正しいだろうと信じている。

しかし、マホは予想外のことを言い出した。

「えー、でも、本当は向こうも色々やりたいことあるんじゃないの？」

「えっ、そうかな？」

「それでなくても男の人は少しはひっぱりたいというか、主導権握《にぎ》りたいんじゃないかな」

「そうなの？」

総士君にそんな雰囲気を感じたことは一度もなかった。

しかしわたしのコミュ力は最弱。見抜《みぬ》けていないだけの可能性もある。

マホはしっかりもので、みんなでお店にいる時など、声が大きくなっていたらまっさきに気がついて注意をしてくれる。真面目《まじめ》で、いつも他人に迷惑《めいわく》をかけてないかを気にかけられる子だ。身内びいきなゴリアテと対照的に身内には厳しいところがあるけれど、いつも本人が気がついていないことを教えてくれるのでみんな頼《たよ》りにしている。

「だってそんなの、彼氏というより従者みたいじゃない。全部付き合わされてるなんて向こうもつまらなくない？　さいちゅん、ちゃんと向こうの意見も聞いてる？」

「ひい……」

ひやりとしてしまったのは、言われたことにかなり身に覚えがあったからだ。

わたしは普段から彼にしゃべる隙《すき》をあたえずにまくしたてていることが多い。

別に悪気があるわけではないけれど、嬉《うれ》しくて話しかけているうちにひとりでずっとしゃべってしまっている時がある。第二図書室のように、顔が見えない空間では相手の返答を待っていたけれど、今は相手の表情を勝手に返答として次にいってしまっている。顔が見えるが故《ゆえ》に生まれた弊害《へいがい》だった。わたしは、彼の意見をろくに聞かず自分勝手だった。顔が見えようが見えまいが、本体と出会う前も出会ったあとも、わたしはコミュ力が低かった。

通話を切って、反省した。

もしかしたら彼は、今までわたしが行きたくて連れていった「驚《おどろ》くほどなにもない駅」や「存在意義があやういほどボロい公園」「時代錯誤《さくご》なダサい石像がある路地裏」などは、そんなに行きたくなかったかもしれない。

いや冷静に考えたら、高校生にもなってデートでわざわざそんなところに連れていく彼女は振《ふ》られていてもおかしくない。なぜ今までそこに気がまわらなかったんだろう。

そんな反省を胸に下校を誘《さそ》った日。わたしと彼は小さな公園にいた。

こんなに小さい公園なのに、石でできた半円形のタコの遊具だけが異様に目立っている。

しかもカラーリングが無駄に派手。一目見て、総士君にも見せてあげたいと思った。

反省を胸に、休日のデートにいかした遊具の公園に誘うのはやめたけれど、この興奮を伝えることを諦《あきら》めきれず、学校帰りならいいかなと思って誘ったのだ。

しかし帰り道からずっと、彼の様子がおかしかった。

こんなにおかしなバランスの公園はそうないのに、総士君はまったく驚きもせず、上の空で、ずっと真面目な顔をしていた。

それでわたしは、前日の反省を思い出して嫌《いや》な予感を膨《ふく》らませ、早合点して別れ話を疑った。しかし「わかればぬしぬし」などと片言の昔言葉で追撃されてはわたしのメンタルも死にそうになる。

結局、彼の様子がおかしかった原因はよくわからなかった。

「わかればぬしぬし」が「別れ話じゃない」だったことだけ聞いてわかった。

ようやく週末の約束の話に軌道《きどう》が戻《もど》った。

わたしと彼は子供達も帰ってしまった誰《だれ》もいない公園で、石のタコの上に座り、予定を話し合うことにした。

わたしは知らない街や商店街に行くのが好きなので、行きたい候補はいくらでもあったけれど、ぐっと飲みこんで言う。

「来週は、総士君が行きたい場所を選んで」

総士君はハッと息を呑《の》んで目を見開いた。

そこからわたしの疑っていたような現状への不満は読み取れない。驚いているように見える。

「西園寺さん！　考える時間をくれ！」

「えぇっ、なにを？　考えるって……まさかやっぱり……」

「わかればぬしぬしぬし!!」

「よ、よかった……」

「ば、場所とか、考えるから……めちゃくちゃ感ゲイルから！」

「わ、わかった」

すごく、張り切っているように見える……。やっぱり、今までわたしが好きな場所に連れまわしていたのは不満だったのかもしれない。反省がとまらない。

「西園寺さんが、楽しめる場所を探すから！」

「え、あの……総士君の好きな場所にしようよ」

「えっ、西園寺さんの好きそうな場所を選ぼうと思って……」

「そうなの？　でもそれはいつも行ってるし……総士君の行きたい場所にしてほしい」

「え、そうなのか……それは……うん……あぁ……」

総士君は予想外だったのか、一瞬《いっしゅん》固まったあと、考え込んでしまった。

もしかしてわたしの好きな場所に連れていくのが彼のやりたいこと、だったのだろうか。

だとするとわたしはそれに水をさしてしまったことになる。

彼の性格的に、本当に自分だけが楽しい場所は選びにくいかもしれない。

そうするとただでさえ迷っていたようなのに余計に難易度を上げてしまったことになる。

わたしは、彼にもう少し楽しんで欲しくて提案した。そして彼のほうもきっと、優しさでいつもと変えようとしてくれたのに、なんだかうまく嚙《か》みあっていない気がした。

総士君を見ると、困った顔で地面を見ていた。困らせてるのは、わたし。

ほんの少し。

ほんの少しだけど、気まずい。


お昼休みに芝生《しばふ》でサンドイッチを食べながらまなみんにこぼす。

「まなみん、恋愛《れんあい》って難しいね」

「ちょ……さいちゅん、彼氏持ちがアタシに喧嘩《けんか》売ってんのか？」

「ごめん……間違《まち》えた。恋愛じゃなくて人間関係……」

「さいちゅんは佐倉君とうまくやってるだろ」

「うまくやってたんだけど……」

「なんだよ！　なんかあったのか？　なんでおかしくなったんだよ！」

「なんでって……」

それは、気をつかおうとしたから。

今まで気にもとめていなかったことを反省しだしたから。

今までわたしは総士君の我慢《がまん》の上でなりたっていたことを、うまくいっていたと思っていただけだった。それを反省して変えようとしたら、なぜだか気まずくなった。

「まなみん、わたしちょっと頭冷やしてくる……」

そう言ってふらふらと立ち上がる。


第二図書室に来るのは久しぶりだった。

総士君と付き合いだしただけでなく、友達ができたのもあって、この場所に来なくなって久しい。最初のうちはそれでもたまに待ち合わせ場所に使ったりしていたけれど、いかんせん僻地《へきち》なのでやがてそれもしなくなった。

カビた本の匂《にお》いも、いつも陽が当たる場所だけ焼けてしまった本達も、なにも変わっていない。そんなに時間は経《た》っていなかったけれどすごく懐《なつ》かしい感じがしたし、家に帰ってきたような安心感も湧《わ》いた。

あの頃《ころ》は顔を合わせていないからできることも限られていた。だから、ただ好きでいられた。思えば、顔を見ずにただ話すしかできないというのは、ある意味コミュ力を最小限しか必要としないのかもしれない。一時間会話するのと、一緒に旅行するのではきっと旅行のほうがコミュ力を必要とする。一緒に決めなきゃいけないこと、一緒に楽しむことが増える分、会話以外のコミュニケーションも必要となるのだ。

少しだけ落ち込んで、以前彼が手紙を挟《はさ》んでいた本の背表紙をじっと見上げていると、ガタンと扉《とびら》の音がした。

本棚《ほんだな》の奥から首だけ出して覗《のぞ》くとそれは総士君だった。

彼もわたしに気がついて、びっくりした顔をした。わたしがここにいることは予想外だったらしい。

「さい……」まで聞こえたところで、急いで本棚の奥に戻る。

「西園寺さん？」

「あの、来ないで！　そのままそこにいて……」

「え……」

「このままちょっと、話、できるかな」

息を詰《つ》めて返答を待つと「うん」と返事が聞こえた。

「ネクラ君」と呼んでみるとあちらも合わせて「う、うん。なに、ひ、りぁちゃん」と返ってきた。総士君はいまだにわたしの下の名前を呼べないが、以前は普通《ふつう》に言えていた「ひりあちゃん」すら下手《へた》になっていたのでびっくりした。

「ネクラ君⁉ 言えてないよ？」

「え、そうかな？ 久しぶりだったからかな。ひりあちゃんひりあちゃんひりあちゅん」

総士君がわたしの愛称《あいしょう》を使って早口言葉の練習を始めた。

「ひりあちゃんひりあちゃん………久しぶり……」

「うん！ なんか懐かしいね！」

「そんなに経ってないのにね」

懐かしいと感じるのは彼とわたしの関係が、それなりに変化していたからだろう。ちょうどいい。リセットして初期状態で話してみよう。

顔を見ずに話していた期間のほうがまだ長い。だからやっぱり話しやすい。

久しぶりのネクラとヒリアの再会に、彼のほうもなんだか少しくだけたというか、リラックスして楽しそうに感じられた。

「ネクラ君は、お休みの日、どんな風に過ごしたい……？」

「え、来週のこと？」

「そういうわけでもないけど、単に、わたしの希望とは関係ないものを聞いてみたくて……ずっとわたしに付き合わせていたから……」

総士君は「俺は……」と言いかけて、一度口を閉ざして、それからふうっと息を吐《は》いた。

「俺はね、あんまりないんだよ。特別行きたいとこも、したいことも。昔から」

「ええ、なんで？」

「なんでって言われても……そういう性格だとしか。自意識過剰《かじょう》で人の目ばかり気にして、人の目に合わせて自己形成しようとしたのも、俺自身にそういう積極性や、やりたいことのビジョンがろくにないからだし……」

「……」

「だから俺は、ひりあちゃんが行きたい場所に一緒《いっしょ》に行って、にこにこ楽しそうにしているのを見せてもらったり、ひりあちゃんが食べたいものを食べて、幸せそうにしているのを見ているのが……最高に幸せな休日かな」

顔が見えないせいなのか、どこか気の抜《ぬ》けた、まるで気負いのない口調で彼は言った。

わたしのほうは、唐突《とうとつ》に愛の告白をされたような気持ちになってしまい、頰《ほお》の熱が上がり、声が出せなくなった。

「……ひりあちゃん？」

わたしの返答がないのを怪訝《けげん》に思ったのか、総士君が立ち上がるような気配がする。

「こ、来ないで！　今来ちゃだめ」

「え、急にどうしたの？」

彼がそう言った時に予鈴《よれい》が鳴った。

「ひり……西園寺さん、教室に戻ろう」

そう言って、来るなと言うのに総士君がわたしのいる、本棚の奥のエリアを覗き込む。

正体はわかっているとはいえ、無遠慮《ぶえんりょ》すぎないか。もし着替《きが》えていたらどうするんだ。

怒《いか》りにまかせてありえない想定で心中糾弾《きゅうだん》する。

総士君の姿が全部見えた。彼はぽかんとした顔で、身を縮めるわたしを見ていた。

追《お》い詰められたわたしは本棚の奥ギリギリまで後ずさりして身を潜《ひそ》めた。

それがまたいけなかったんだろう、心配した彼が近寄ってきて、最大限にうつむいているわたしの顔を覗き込む。

「え……顔まっかだよ。なにかあった？」

「そ、総士君が……似合わない殺し文句言うから！」

「え、俺にそんなの言えるわけないだろ……いつ言ったの？」

「さっき！　ついさっき言った！」

「言ってない。言ってない。誤解だと思う！」

「誤解じゃないと思う！」

「そうだとして、なんでそんなに……恥《は》ずかしがることあるの」

「い、言われ慣れてないから！　もういいから先に戻《もど》って！」

わたしは自分はぽんぽん好きとか大好きとか会いたいとか言っているわりに、言われるほうにまるで耐性《たいせい》がなかった。たまに無理やりモゴモゴ言わせて満足していたので、不満とかではなかったけれど、好きな人に普通のテンションで愛を伝えられるという破壊《はかい》力に対して無知で無防備だった。

自分の興奮を収めるのに精いっぱいで、総士君の返答がなくなっていたことに少しの間気がつかなかった。

顔を上げると、真剣《しんけん》な顔がまだ、すごく近くにあった。

唐突に総士君がわたしの肩《かた》に手を置いたので、びくっと震《ふる》えた。

そのまま、また顔を覗き込んでくるので、恥ずかしくなって目をぎゅっと閉じる。

柔《やわ》らかい感触《かんしょく》が数秒、息を塞《ふさ》いだ。

びっくりして目を開けると、彼はすごい速さで本棚の向こう側に戻っていった。

今、キス泥棒《どろぼう》が出た気がしたんだけど……。

向こう側から総士君の慌《あわ》てたような声が聞こえてくる。

「い、いつも言えてなくてすみません!!　大変申し訳なく……あと今のもすみません！」

「い、いいよ！　いつも言われたらわたしがもたない！　あと今のは謝らなくていい！」

というか、いつもわたしがちょっと「好き」とか言うだけで、彼はなぜそこまで慌ててるんだろうと不思議に思っていたし、なんなら慌てているところを楽しんでいたりもした。

たまに立場が交代すると、相手の気持ちがしみじみわかる。

それにしても、本人に自覚のない程度の殺し文句で即死《そくし》してしまうなんて、弱すぎる。

いや、好き過ぎるんだろう。

◆佐倉総士

結局、動物園に行くことになった。

西園寺さんも行きたくて、俺も楽しめそうな場所としてパンダが見られる動物園をセレクトしたのだ。なんとなく話して決めたけれど、もうふたりともどちらの希望に沿わせるかについて気にするのはやめた。お互《たが》い前の状態で満足していることがわかったからだ。

世間一般《いっぱん》における男女交際では比較《ひかく》的男性がひっぱることが求められているのかもしれないが、俺は一般的ではない、非常にモテないメンタルを有していた。そして、西園寺さんも、もしかしたらあまり一般的ではない、モテない内面を有している。

俺が長年考えあぐねていた、俺にとっての『モテるやつ』というのは、一般的な内面を持っているやつのことなのかもしれない。感覚が人と離《はな》れていない、常識的で、王道的な趣味嗜好《しゅみしこう》を持つ人間ならば、多くの女性に対応できる。

俺も彼女もおそらく常識的な大多数と付き合ってもうまくいかないマイノリティで、人間関係がへたくそだ。ただ、その駄目《だめ》さがお互いにうまく嵌《はま》っていた。

「わー、見て見て、あの鳥すっごいイチャついてるよ」

西園寺さんがにこにこしながら、動物の檻《おり》を移動するたびに感想を伝えてくる。

その姿は思考放棄《ほうき》して言うならば最高に可愛かったし、お嬢様《じょうさま》に見える。

本人曰《いわ》くの非リアで人みしりにはとても見えない。

俺だって黙《だま》って立っていれば、どこといって変わったところのないまともな人間に見えるかもしれない。

あたりには家族連れやカップルもたくさんいた。

その誰《だれ》もが、自分と違《ちが》ってまっとうで輝《かがや》いて見える。でもそんなのは幻想《げんそう》かもしれない。

俺も彼女もきっと、幻想の『一般的な付き合い』に惑《まど》わされていた。

俺はどうでもいいことを考えるのをやめて、隣《となり》の彼女に視線を移す。

当たり前に繋《つな》がれていた手がなんとなく離れてから少し時間が経過していた。

思い切って近付けるが、勇気が出なくて戻そうとしたそれを、結局気づかれて慌てたように向こうから繋がれる。

「総士君今、手繋ごうとしたでしょ」

小声で言われてさらに小声で「うん」と頷《うなず》く。

責めるような声音《こわね》ではなかったのに、こういう時俺はなぜ申し訳ない気持ちになるのか、なぜ「繋ごうとして、すいません」と言いたくなるのかさっぱりわからない。

西園寺さんはふわりと笑う。

「嬉《うれ》しいな」

蕩《とろ》けた笑顔が本当に、これを見られただけで、生きててよかったと思うレベルで可愛い。

一般的な視点で見た時に、なにもかもうまくやれてなかったとしても、俺の隣で彼女がこうして笑ってくれるなら、いつか、俺の鬱陶《うっとう》しい自意識も、ごく普通のレベルにまで昇《しょう》華《か》されるのかもしれない。本当に大切なものは、大事にするべきものは、俺のプライドや自意識ではないと、俺の本能が告げているからだ。

俺が見つけた、たったひとつのその宝は、いつかもっと大人になって、今とは違う遠い場所に辿《たど》り着いたとしても、変わらずなくさずにいたい。

あとがき

こんにちは。はじめまして、村田天《むらたてん》です。

今日は自宅のベランダから見える、人の入れないポイントにタヌキがいるのを発見して、午前中はずっとタヌキを見ていました。タヌキ、可愛《かわい》かったです。

「ネクラとヒリアが出会う時」をお読みくださりありがとうございます。

本作はもともとは『普段《ふだん》は反目しあっている二人が、お互《たが》い正体を知らず惹《ひ》かれあう』という、ケンカップルと甘々カップルが一粒《ひとつぶ》で楽しめる王道コンセプトで始めましたが、書いていたら二人の性格がそこまで攻撃《こうげき》的にならず「なんとなく苦手」にとどまりました。予定とは少し変わりましたがおかげでほのぼの感が増した気がするので、よかったと思っています。結局、自分ではなくキャラクターが物語を作っている気もしますし、そうやってキャラクターに振《ふ》り回されるのも楽しく、創作の醍醐味《だいごみ》だと感じます。創作には他のものには代えがたい楽しさがあります。

本作はそんな風にして、自分が楽しくなるために、好きなものを好きなように詰《つ》め込んで書いたお話でした。非常に自由に楽しく作りました。

楽しい以外は何も考えておらず、書いてから半年以上経っていたのもあって、まさか書《しょ》籍《せき》の形にしていただけるとは思っていませんでした。

なのでお声がけいただいた時は大変びっくりしましたし、どこか半信半疑でした。

書籍化作業をしながら「あ、この担当さんは現実に実在するのかもしれない」などと確信を深め、だんだんと「もしかして本当に本になるのかもしれない」と思うようになりました。

しばらくはずっと実感がわかなかったのですが、先日すごく素敵な表紙のイラストを描《か》いていただいて、それをずっとニヤニヤ眺《なが》めたりしていたら、遠足前の小学生のように、発売が楽しみになってまいりました。

素晴らしい機会をいただけたこと、感謝の念に堪《た》えません。

今日タヌキを見ていた私の目もニヤニヤして優しかったと思います。

お読みくださったすべての方と、本作に関わってくださったすべての方に感謝を込めて。

二〇二〇年　春　村田　天

お便りはこちらまで

〒一〇二―八一七七
ファンタジア文庫編集部気付
村田天（様）宛
サコ（様）宛

富士見ファンタジア文庫

ネクラとヒリアが出会《であ》う時《とき》

令和２年７月20日　初版発行

著者――村田《むらた》　天《てん》

発行者――三坂泰二

発　行――株式会社KADOKAWA
〒102-8177
東京都千代田区富士見2-13-3
0570-002-301（ナビダイヤル）

印刷所――株式会社暁印刷

製本所――株式会社ビルディング・ブックセンター

※定価はカバーに表示してあります。
●お問い合わせ
https://www.kadokawa.co.jp/（「お問い合わせ」へお進みください）
※内容によっては、お答えできない場合があります。
※サポートは日本国内のみとさせていただきます。
※Japanese text only

ISBN978-4-04-073733-1 C0193 ◇◇◇

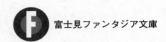